El amor de
otra
mi ⱽ vida

El amor de otra mi vida

TRACI L. SLATTON

TRADUCCIÓN DE ELEONORA ESCUDERO

parvati
press

Publicado por Parvati Press
http://www.parvatipress.com

Visita la web del autor:http://www.tracilslatton.com

ISBN:
978-0-9890232-6-9 (eBook)
978-0-9890232-5-2 (Paperback)

Versión 2013.01.04

*Para tres mujeres que son el amor
de muchas vidas*

*Condesa Michelle Czernin von und zu
Chudenitz und Morzin*

Dra. Jan Bröberg Carter

Dra. Lori Handelman

1

Donde empieza la locura

Me lancé al glorioso día primaveral en Manhattan con mi habitual entusiasmo por superar los obstáculos. Me imaginaba irradiando pasteles impresionistas mientras daba saltos para sortear todo lo que se me interponía en el camino; cada pequeño detalle y obligación agotadora, cada falso ideal cultural, cada preciada ilusión perdida y cada maldita metida de pata, y todo lo que me alejaba de esa vida ideal de fama y éxito, y del amor perenne de mi alma gemela.

En esta ocasión, se trababa del portero de mi edificio, José, que limpiaba la acera con la manguera.

–Tessa, tengo que hablar contigo –me gritó–. ¡El consejo del consorcio habla en serio!

–Se me hace tarde para el trabajo –aullé, aferrando el bolso con más fuerza para no tener que detenerme.

—Tenemos que hablar —insistió.

—Claro —le grité. Pero no quería tener que lidiar con el consejo de la cooperativa del edificio. Quería saborear mi propio renacimiento. ¡Había vuelto a pintar! ¿Acaso no era un milagro? Casi me había hecho recuperar la fe perdida, en algo mejor, algo bello. Volver a tener mi talento, que despertaba dentro de mi ser como una bellota que madura bajo la tierra. Volver a ser yo misma después de una larga travesía por un bosque oscuro en lo que esperaba no fuera la mitad de mi vida. Solo tenía treinta y cuatro años, y esperaba vivir hasta por lo menos los noventa y siete, siempre pintando. Mis descendientes, si es que tenía la suerte de reproducirme, me podrían sacar un pincel de pelo de marta rojo número seis de mis dedos viejos y fríos cuando muriera.

—Será mejor que robes un banco —seguía diciendo José, que gritaba más alto mientras yo aceleraba para alejarme—. No pagas las expensas desde que se fue tu esposo, hace tres años. ¡El consejo no te va a esperar para siempre!

—Conseguiré el dinero —le grité mirando por encima del hombro, antes de dar la vuelta a la esquina hacia Riverside Drive, donde ya no me veía—. De algún modo —jadeé. Me tambaleé un poco, así que me detuve junto a un árbol enmarcado por un cantero de tulipanes púrpura. El contraste de la textura rugosa del tronco marrón con los pétalos translúcidos me llevó a un lugar de ensueño.

Un paisaje en tonos púrpuras, pardos y cielos azules, pero casi sin rojos. Un punto que desaparece a la distancia, como en el lugar vago y exquisito donde se desvanecen las ondulaciones del agua en un estanque . . .

Alguien suspiró apenas. En verdad fue más como un quejido. Arruinó mi momento.

Di un salto y alcé la mirada.

A poco más de un metro, había un hombre de aspecto desaliñado que llevaba una chaqueta de cuero gastada. Por un agujero de los jeans, le asomaba la rodilla, y tenía una zapatilla distinta de la otra sin medias. Me miraba con expresión embobada.

Un indigente. "Esa podría ser yo si no fuera por la gracia de Dios", pensé. Luego di un respingo porque, si no lograba juntar un buen fardo de billetes para el consorcio pronto, esa sería yo. Pero ahora había vuelto a pintar y, donde había creatividad, había esperanza. Pronto podría vender mis pinturas de paisajes por unos cien mil dólares cada una. Caminé hasta donde estaba el tipo andrajoso. Solo tenía unos dólares en la billetera, pero me las arreglaría sin el dinero. Después de todo, podía comer los *bagels* con queso crema gratuitos que daban en la iglesia, y este tipo necesitaba más que yo una comida caliente.

—Aquí tiene, señor. Vaya a tomar una taza de café. —Extendí la mano con los billetes.

Él no respondió. Estaba absorto en mi cara. Tenía las pupilas dilatadas y negras. ¿Acaso estaba drogado o loco de atar? Pobre mendigo.

Le tomé la mano y le puse los billetes en la palma, cerrándole los dedos para que los agarrara. Él bajó la mirada.

—¡Yo te invito un café, Tessa!

Pobre tipo.

—Espera . . . ¿Cómo sabes mi nombre? —le pregunté con cautela, retrocediendo unos pasos. Debí haber salido corriendo, pero no lo hice. Esa debió haber sido mi primera pista.

—Soy Brian Tennyson —afirmó, con una sonrisa reluciente. Tendría mi edad y, con esa sonrisa, no se veía nada mal, si eres de las que les gusta el look desprolijo y descuidado.

Casi le devuelvo la sonrisa antes de recordar que no debía alentarlo. ¿Cómo sabía mi nombre? Me debió haber asustado, o por lo menos asombrado, pero no fue así. ¿Qué pasaba conmigo? Es decir, además de mis problemitas habituales.

Me apoyó la mano en el hombro y afirmó con entusiasmo:

—Necesito un lugar donde quedarme por unos días. Ofee dijo que me podía quedar contigo.

–¿Ofee? –respondí, confundida. ¿Lo conocía a Ofee? ¿Cómo? ¿Alguna vez yo había conocido a este Brian con Ofee?

–¿No es tu mejor amigo? Lo es en donde vengo. Desde que estaban en la universidad. –El tipo dio un paso hacía mí.

–Sí, desde luego que conozco a Ofee –murmuré, mientras escudriñaba la cara de Brian. No; no lo conocía por Ofee. Lo recordaría.

–Algunas cosas nunca cambian. Sabía que los dos serían íntimos aquí también.

Ofee está en Tailandia, enseñando en un retiro de yoga. Eh . . . ¿De dónde lo conoces? ¿Y qué quieres decir con eso de que "de donde vienes"? Le aparté la mano del hombro, pero en realidad no me molestaba. Me debería haber molestado, pero no era así. Era como si lo conociera vagamente, aunque en realidad no lo conocía en absoluto.

–Es una pregunta complicada, y debo preguntarte: ¿qué sabes acerca de la teoría de la decoherencia? –Abrió los ojos de par en par, como los de un búho. Una expresión decidida se apoderó de su rostro, y se acercó a mí hasta quedar a unos centímetros. Demasiado cerca.

–El espacio personal –le dije con paciencia, pero con firmeza, como hacía con los ancianos del programa de tercera edad en el que trabajaba de tiempo parcial. A veces avanzan más allá de mi zona de comodidad, en general para oírme mejor o porque para ellos el tiempo es diferente y, por lo tanto, también lo es el espacio. Con el tiempo había aprendido cómo recuperar mi espacio sin hacerlos sentir mal.

Tampoco quería herir los sentimientos de Brian, por alguna razón que no acababa de comprender.

Brian permaneció callado un instante, y quieto. Luego se le iluminó la cara. Me arrojó los brazos al cuello.

—¡El amor no tiene fronteras! —exclamó.

—Suéltame —le ordené, luchando por soltarme.

—Nunca —juró. Me aferró con más fuerza. Para un tipo sin techo que comía vaya a saber qué, tenía una fuerza asombrosa. Luego percibí una ráfaga de algo acre, como a mezcla de sudor, cables eléctricos quemados y la humedad de sótanos viejos. Luché de verdad esta vez.

—No me importa qué te dijo Ofee. Búscate otro lugar. ¡Chau!

—Pero son solo cinco días, cuatro horas y veintidós minutos. Luego me voy —dijo, aferrándome ferozmente.

Me quedé paralizada. Pelear no iba a solucionar nada, como me di cuenta pronto. ¿Qué funcionaba con mis ancianitos? La distracción.

—¡Mira! ¡Un pollito violeta tomando vodka mientras toca el órgano!

—Eso no puedo perdérmelo —dijo él, dándose vuelta para mirar. Aflojó los brazos; nos aferramos tan frágilmente a todo.

Yo salí disparada, sin comprender cuán preciado era el momento. ¿Acaso no siempre es así? Uno no lo entiende hasta que se perdió.

∫ Hace mucho tiempo, en otra galaxia muy, muy lejana

Brian *caminaba de un lado al otro del aula, que* se iba llenando de alumnos. Era su primer día enseñando esta asignatura, Introducción al análisis matemático, matemáticas para estudiantes de Literatura inglesa. En verdad, era su primer día como docente, de cualquier asignatura.

Gracias al don que había desarrollado de muy chico, ahora era ayudante de cátedra del departamento de Física. También era alumno del segundo año en su especialización de Estudios de Estados Unidos. La engañosa ambigüedad de todo el asunto era que él no había solicitado ese puesto ni había querido enseñar. Había sido una imposición de Yale. Alguna revuelta palaciega entre sus compañeros de la universidad, que siempre se estaban quejando de algo. Al parecer, los demás alumnos de grado consideraban que la predominancia de hablantes no nativos de inglés en los cursos más básicos de matemática desalentaban a los alumnos de continuar con niveles superiores de esa asignatura.

Una joven curvilínea de pelo largo se sentó en la última fila. Brian irguió la espalda. Ya la había visto antes. Sus ojos parecían detectarla dondequiera que estuviera en el campus, frente a Linsley Chittenden Hall o cerca de la sala de profesores o por Branford, que parecía ser donde estaba su residencia para estudiantes. Brian se volvió hacia Rajiv, su asistente, para quien el inglés era una excelente tercera lengua. Intercambiaron una mirada de admiración.

Algunas cuestiones no necesitaban del lenguaje. En la mente de Brian, esas cuestiones incluían la física, el béisbol y la chica de curvas en la que no había dejado de pensar desde que la había visto en la orientación para nuevos ingresantes el año pasado.

¿Qué golpe de suerte trascendental la había impulsado hacia su clase? De todos los cursos de matemática de todos los campus de todas las ciudades del mundo, ella había entrado a la de Brian . . . Eso reforzaba su certeza en la bondad innata del universo.

Ya no llegarían más alumnos.

–Bienvenidos a Análisis Matemático, que no tiene por qué ser una materia aburrida –dijo Brian.

Un tipo pelado con tres *piercings* en una oreja y cuatro en la otra se inclinó hacia delante.

—¿No estás en mi clase de Estudios de Estados Unidos?

—Sí, estoy en segundo año —respondió Brian—. También soy ayudante de cátedra del departamento de Física.

Eso sirvió para captar la atención de los alumnos. En efecto, treinta y siete pares de ojos se entrecerraron y se centraron en él como láseres. Los alumnos de Yale eran de lo más competitivos, *boola boola*.* Querían saber si había alguien con la inteligencia suficiente como para ser su profesor y al mismo tiempo un par. Brian dejó que sus preguntas titilaran en el mismo dilema que enfrenta todo angstrom de luz: ¿onda o partícula? "Que se lo pregunten", decidió. Tomó una pelota de béisbol del atril y se la arrojó a Rajiv, que la dejó caer con torpeza y luego se inclinó para agarrarla.

—Este es Rajiv, mi ayudante —lo presentó Brian con una reverencia. Le hizo un gesto a Rajiv para que le arrojara la pelota.

Dubitativo, Rajiv se la devolvió con un movimiento un poco errático.

Brian le devolvió la pelota; esta vez Rajiv casi la atrapó. Brian se la volvió a arrojar lentamente, sin levantar el brazo.

Boola Boola es el nombre de uno de los cánticos de fútbol americano de la Universidad de Yale (N. de la T.).

—Soy Brian Tennyson.

—¿Por qué enseñas Análisis Matemático, Brian Tennyson? —quiso saber una chica de cara chupada, delineador muy negro y falda corta y ajustada. Tenía que estudiar Filosofía.

—Para poder jugar béisbol —respondió Brian. Le arrojó una pelota rápida a Rajiv.

Rajiv se encogió y se cayó de la plataforma. La pelota rebotó en la pared, y dejó una marca en el panel de madera.

La chica del delineador negro atrapó la pelota y se la arrojó a Brian. Tenía buen brazo. "Le voy a poner una A", decidió Brian.

—Me doctoré bastante joven en Física, en el MIT. Después vine aquí para especializarme en Estudios de Estados Unidos y jugar béisbol. Enseño Análisis Matemático porque debo hacerlo —respondió Brian—. Alguien hizo circular un petitorio pidiendo que los profesores de matemática hablen bien inglés. Según este petitorio, los profesores de matemática que no hablaban inglés como lengua materna, sin importar el género, las preferencias sexuales, el credo religioso y la raza, estaban espantando a los alumnos de la asignatura. —Hizo una pausa, sonriendo—. Los de Yale son críticos que creen en la igualdad de oportunidades, sabes. —Tosió para aclararse la garganta y adoptó una postura ceremoniosa, y luego habló con acento afectado-. La administración de esta institución se toma muy en serio las necesidades de su alumnado.

Eso despertó varias sonrisas. La tensión del aula se aflojó apenas. La chica curvilínea del fondo jugueteaba con el pelo, con expresión aburrida. "¿Cómo puedo captar su atención", se preguntó Brian.

La respuesta era simple y llegó a él como un relámpago sobre las estepas, como todas sus intuiciones sobre cromodinámica cuántica. Siempre se trataba de la transmisión de fuerzas. ¿Y qué fuerza regía a todos los alumnos de Yale?

La fuerza de las buenas notas, conocida como la fuerza universal de la codicia.

-La cosa es así -dijo Brian-. No importa lo malos que sean para el Análisis matemático, nadie se saca menos de B+. -La clase vitoreó. La chica del fondo se sentó más erguida en la silla. Tenía una linda sonrisa, suave y cargada de promesa, tal como Brian la había imaginado. Deslumbrante, en verdad."Vaya", pensó Brian, mirándola a los ojos-. Hay crédito adicional por visitas en el horario de consulta.

3 De perros, chocolates y monos que remontan cometas en nuestro universo

Logré dejar atrás al loco indigente. Luego oí el chancleteo decidido de suelas de goma en la acera. Me di vuelta. Allí estaba él, alcanzándome. Era rápido el muy maldito. Aceleré la marcha, algo que nunca se debe hacer mirando hacia atrás, y me di contra una fuerza que me hizo explotar en una madeja de sogas y ladridos.

Un paseador de perros, que mascullaba mientras se frotaba el chichón que tenía en la frente, donde se había golpeado al chocar conmigo. Llevaba por lo menos una docena de animales, se pasaba las correas de una mano a la otra, y protestaba acerca de lo peligroso que se había vuelto el Upper West Side.

—¡Eres peor que los de las entregas en bicicleta! —ladró.

Pero qué comentario malvado.

Pero yo me había propulsado contra él con todo.

—Lo lamento.

Giré de un lado al otro, tratando de desenmarañarme. Cuanto más me retorcía, más se me enroscaban las correas en las piernas. De repente, quedé tumbada, con las piernas en el aire por sobre la cabeza, y todo lo que llevaba en la bandolera que se me soltó estaba desparramado por el suelo: bloc de dibujo, chocolates Vosges para la señora Leibowitz, labiales, tampones, recibos de Pearl Paint de la calle Canal.

Brian estiró la mano por sobre la maraña de correas y me ayudó a incorporarme.

—¡Mi falda! —espeté, observando que la tela estaba rasgada—. No puedo ir a casa a cambiarme. Tengo que ir a trabajar. —En realidad, no quería tener que volver a pasar por donde estaba José, que era como el agente del consejo del consorcio, que no me veía con muy buenos ojos.

—La falda quedó mejor con ese corte en el costado —respondió Brian, con admiración—. ¡Tienes unas piernas estupendas! Guau. Me había olvidado. —Sonrió y se apartó un poco para recoger el bloc de dibujo y la caja de bombones.

Yo busqué los labiales y productos íntimos.

—Esto no está bien. Está muy mal. Esta es mi mejor falda. Ay, no.

—Solo es una prenda. Se puede reemplazar –

comentó Brian, mientras se metía una trufa en la boca–. ¿Tú hiciste esto? ¡Es asombroso!

Bueno, así que tenía buen gusto estético. Tenía que permitirme ceder apenas; era justo reconocer su cumplido.

–Gracias. –Lo miré con firmeza. ¿Por qué me resultaba tan conocido si sabía que no lo había visto nunca? ¿Por qué el sujeto no me resultaba más aterrador? Debería. Aunque me elogiara los dibujos.

–No sabía que eras tan buen dibujante.

–Soy mejor pintora –acoté–. Solía serlo. Y ahora lo soy otra vez. Desde esta semana.

–Lo que no eres es buena acróbata –aportó el contrariado paseador de perros. Se marchó, sacudiendo la cabeza.

Brian lo ignoró.

–La gente está tan llena de vida y contenta en el picnic. –Mientras contemplaba fijamente mi obra de arte, se sirvió otra trufa.

–No están haciendo un picnic –lo corregí. ¿De qué diablos hablaba? ¿Acaso no tenía ojos? Tenía que deshacerme de él–. Dame eso. Deja de comértelos; son para la señora Leibowitz.

Brian me pasó el brazo por sobre el hombro.

–No sabía que tenías este tipo de talento, Tessa. Debes de ser famosa.

Todavía no, pero algún día. Pronto. –Ahora que

había vuelto a pintar, todo era posible–. Estoy muy ocupada cuidando a gente mayor como para hacerme famosa, pero algún día mi arte será conocido y me verán como una nueva Turner. –Un momento, ¿acaso el sujeto estaba tratando de ver qué había debajo de mi camisa?–. ¡Eh, basta! Tengo que irme a trabajar.

–No estoy mirando qué hay debajo de tu camisa – afirmó Brian, como si me leyera la mente. Entrecerró los ojos cuando se posaron en mi chaqueta, y luego estiró la mano para enderezarla–. Estás cubierta de pelo de perro. –Me sacudió con las manos a la altura del pecho . . . un momento, ¿acaso estaba aprovechando para manosearme un poco?

–¡Basta! –le dije, mientras le daba una palmadita en las manos–. Aléjate de mí. –De algún modo, por algún extraño motivo que no podía explicar, no me sentía ofendida. Me daba gracia, además de una vaga sensación de nostalgia.

¿Quizás debía estar medicada?

–Vine especialmente para verte –afirmó Brian con cierta urgencia–. Tengo poco tiempo. Solo tengo cinco días, cuatro horas; bueno, ahora son unas tres horas y treinta y siete minutos.

–¿Por qué me sigues hablando de un tiempo tan específico? –me pregunté en voz alta.

–Te dije; es la decoherencia . . .

Pero yo tenía que dejar de seguirle la corriente.

No sabía por qué a mis instintos les gustaba el tipo, cuando mi mente racional me pedía a los gritos que lo perdiera de vista. Pero por una vez, tenía que prestarle atención a la voz de la razón.

−¡Mira; un mono remontando una cometa! − exclamé, con tono maravillado. Además de ser una artista talentosa, soy una eximia mentirosa.

Brian se volvió para mirar.

Yo salí corriendo.

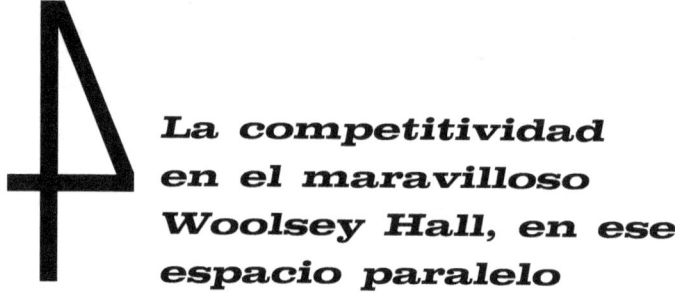

La competitividad en el maravilloso Woolsey Hall, en ese espacio paralelo

Un póster de gran tamaño colocado en la rotonda promocionaba: "UNA NOCHE DE MÚSICA CON MÚSICOS DE YALE". Una multitud esperaba para entrar, murmurando y deambulando por las puertas que conducían al magnífico auditorio de murales decorados con temáticas griegas, columnas blancas y cielorrasos altos y abovedados. Brian, que llevaba una camiseta de los Red Sox, señaló uno de los nombres impresos en el programa que tenía en la mano.

–Mira, Rajiv; es Tessa Barnum –dijo Brian, con tono reverencial–. Toca el chelo. Es talentosa y también hermosa. E inteligente.

–Todos son inteligentes en Yale. –Rajiv estiró el cuello para mirar por encima del hombro de Brian. Con acento sumamente marcado agregó–: Ni siquiera sabe que existes.

—Un pequeño detalle.

—Rama está en los detalles. —Rajiv comentó en tono compasivo.

—Me gusta el modo en que su mirada se ablanda a veces. ¿En qué está pensando? Seguro no en ecuaciones diferenciales —murmuró Brian.

—Eso es porque no las enseñas —observó Rajiv.

—La voy a invitar a salir.

—Bri, amigo, tiene un novio en su ciudad.

Brian sonrió.

—Tengo que aplicar la fuerza de la inercia y eliminar su influencia gravitatoria del marco de referencia de ella. La estoy investigando para tener una ventaja.

—La gravedad todavía no es parte del escenario cuántico —aportó Rajiv.

—Eso se debe a que la gravedad no es una fuerza; es una deformación del espacio-tiempo. —Brian hubiera explicado más, pero se abrieron las puertas y la gente comenzó a entrar y buscar asientos. Brian y Rajiv se apresuraron para llegar a la quinta fila, al medio.

Rajiv vio a un tipo de mandíbula cuadrada con pelo inmaculado, sentado en la tercera fila, que conversaba de manera quizás apenas demasiado confianzuda con una chica de pelo lacio y brillante peinado hacia atrás, con los ojos delineados de negro intenso y una camisa diáfana con escote profundo que se hundía en forma de "V" entre sus pezones pintados de negro.

–Es él –dijo Rajiv–. El tipo con Debbie Doll. Es la mujer del curso que tiene el brazo como Yogi Berra.

–Se llama David Mills, y vino en coche desde Dartmouth –afirmó Brian, mientras lo examinaba con frialdad–. ¿Qué hace con Debbie Doll?

–Dicen que Debbie Doll no usa ropa interior –afirmó Rajiv con una expresión de curiosidad suprema.

–Yogi Berra era receptor. Y Yankee. ¿Qué te dije acerca de los Yankees?

–No nos gustan los Yankees.

–A mí no me gusta David Mills –observó Brian.

–Es apuesto; tienes que admitirlo. Míralo – respondió Rajiv.

–Se esfuerza demasiado. Se parece a Dudley Do-Right. –Brian hubiera ampliado el concepto, pero en ese momento bajaron las luces.

Un hombre vestido de esmoquin salió al escenario e hizo gestos para llamar a silencio. Después de los comentarios introductorios adecuados acerca del talento musical en Yale, presentó la apertura del coro. Después de que el coro se marchara del escenario de manera ordenada, los tramoyistas subieron al escenario, hicieron espacio y armaron un diorama más íntimo, con cuatro sillas y un violonchelo y una viola.

Salió un cuarteto de cuerdas que incluía a Tessa. Tenía el pelo suelto, que le caía por los hombros en una cascada mágica y lustrosa, y un vestido negro sin breteles ceñido al cuerpo pero elegante, que le dejaba la espalda al descubierto.

El tipo sentado en la fila de adelante gorgoteó:

—¡Se le ve la raya del culo! ¿Tiene tatuado un corazón?

Brian se inclinó y le dio un golpecito en el hombro.

—Discúlpeme; esa es mi futura esposa. Le agradecería que mantenga los ojos en sus cuencas. Si es que quiere conservarlos.

David, que estaba sentado una fila más adelante del hombre del comentario, escuchó y se dio vuelta para mirar. Sus ojos se encontraron con los de Brian.

Brian asintió lentamente.

—Que empiece el juego.

5

No lo hagas con cautela: baila, baila hacia esa bella noche

Jadeando y desaliñada, llegué a la pequeña oficina de la iglesia colegiada donde trabajaba cuidando ancianos, tarea por la que incluso a veces me pagaban. Hice una pausa en el vestíbulo junto a un póster que había pintado yo: "BAILE PARA JUBILADOS, VIERNES A LAS 19:00HS, ¡CON BINGO!" En uno de los extremos del letrero, se veía un tablero de bingo dibujado con destreza, mientras que en las demás esquinas se veían parejas de pelo cano danzando, felices, en los brazos de su partenaire.

Los había dibujado inspirada en mis ancianos favoritos: el señor Woolstein, sin el bastón, con su melena leonina de cabello blanco, sostenía en sus brazos a la señora Leibowitz y la hacía girar con los pies en el aire. Imaginé que compartían un secreto, una llama de deseo no consumado durante las décadas de sus largas vidas, en la que ambos habían sido fieles en su matrimonio mientras una ternura latente y secreta crecía en ellos, una raíz que aún no estaba lista para germinar. Ahora, en el tercer acto de su vida, este nuevo viejo amor podía brotar, emancipado.

Pensándolo bien, ¿era posible que ese mismo póster hubiera roto el impasse y destrabado el bloqueo que me había impedido pintar durante los últimos años, desde que David se marchó? Quizás. Otros letreros publicitaban el estudio de la Biblia, grupos para jóvenes y desayunos para las personas sin techo, pero eran más bien toscos. No se comparaban a mi póster para el baile.

Mi póster para el baile era casi arte genuino.

Mi jefe, el reverendo Thomas Pincek, pasó a mi lado.

–Tessa, bienvenida, bienvenida. Hoy te espera la casa llena. Eres tan dulce; todos te vienen a ver.

–Gracias, reverendo –le dije–. Lamento llegar tarde–. ¿Dónde está la señora Leibowitz? La semana pasada no se sentía muy bien. Quiero asegurarme de que esté bien.

El reverendo frunció los labios.

–No lo sé. Si quieres, pasa por su apartamento más tarde. El señor James no estuvo recibiendo su servicio de comidas a domicilio. ¡Le dije que tú te encargarías! –El reverendo Pincek le dio una palmada al señor James en la espalda encorvada.

El señor James, que tenía más de noventa años y una decrepitud exuberante, tosió y por poco se desploma.

Pero el reverendo no lo notó; ya seguía su camino a toda prisa para solucionar otros veinte problemas de su rebaño.

Ayudé al señor James a recuperar la compostura frente a su andador.

–Venga a mi oficina, señor James. Haremos un llamado. Se ve lleno de energía hoy. ¿Estuvo haciendo ejercicio? ¿Se le están marcando los abdominales o me parece a mí? –Señalé con el dedo un agujero alargado en su sweater azul descolorido, acción de las polillas.

El señor James, que mantenía la mente tan filosa como un escalpelo a pesar de que su cuerpo no la acompañaba, cacareó socarronamente:

–Hago flexiones con un solo brazo para no perder la silueta.

Los dos nos reímos juntos mientras lo guiaba por la hilera de bancos, donde había un grupo de ancianos sentados esperando, hasta llegar a la diminuta oficina del fondo, atiborrada de cosas, donde estaba mi escritorio con dos sillas plegables de metal.

El señor James tosió; su enfisema no le daba tregua hoy, pero me sonrió con sus brillantes ojos y una enorme sonrisa que dejaba ver las encías. Me recordó por qué sigo con este trabajo para el que nunca me capacité y por el que me pagan demasiado poco para cubrir la renta. No importa cuánto haya arruinado mi propia vida, no importa lo que haya perdido y dónde me encuentre en mi proceso creativo, siempre me eleva el espíritu ver cómo los mayores parecen valorar la vida.

El reverendo Pincek apareció en el marco de la puerta, seguido de su secretaria y dos voluntarios.

—Solo dos horas, Tessa. Las contribuciones han bajado y no queremos aprovecharnos de ti. Solo podemos pagarte por dos horas.

—Estoy aquí para ayudar, reverendo. El dinero no es mi prioridad central. —Pero incluso cuando pronunciaba esas palabras, me irrumpió una imagen de mí misma en la indigencia absoluta. Tenía puesto el sweater gastado del señor James y estaba de pie junto a Brian . . . Me di una palmada en la cabeza.

El reverendo estaba hablando, lo que me ayudó a espantar la imagen.

—Por ahora, nos pertenece. Estoy rezando porque algún ángel terrenal haga una gran donación, porque si no, perderemos algunos de nuestros programas sociales. Hay mucho en riesgo: el comedor comunitario, el programa de difusión comunitaria en Harlem, y hasta la asistencia para la tercera edad.

• • •

Las palabras del reverendo Pincek todavía resonaban en mis oídos tres horas y media después, al salir de la iglesia cerrando la puerta detrás de mí. Había podido solucionar el problema con la entrega de comidas del señor James, ayudado a la señora Anders con sus formularios de Medicare, creado una cuenta de Gmail para el señor Blonstein para que pudiera comunicarse con su nieto por correo electrónico, negociado con una farmacia para que entregaran la medicación de la señora Vaccaro en forma periódica, había llamado al encargado del edificio de la señora Jelonek para que le arreglaran el grifo que perdía, y dejado mensajes a los médicos respectivos de la señora Alterndorf, la señora Crane, el señor King y la señora O'Reilly. Había intentado comunicarme con la señora Leibowitz, pero nadie me había atendido.

¿Qué harían todos ellos sin mí?

—Tengo que ayudar al reverendo Pincek —dije en voz alta. ¿Pero cómo hacerlo?—. No puedo esperar a que llegue el día en que me convierta en el J.M.W.

Turner de los Estados Unidos. Venderé mis cuadros por millones de dólares y donaré el cincuenta por ciento a los programas de la iglesia. –Podía imaginarlo con total nitidez: *Estoy en la elegante apertura de una galería de arte. Soy la artista estrella, desde luego. Con expresión de adoración, los aficionados al arte miran mis paisajes, que flotan, beatificados, en un halo de luz dorada sobre las paredes.*

Era una imagen tan real; podría haber estado de pie en el candelero de esa galería tan elegante que hasta olía, como el vetiver, a dinero y clase. *Tengo puesto un vestido ceñido de seda.* Será mejor que empiece a correr otra vez para ponerme el trasero en forma. *Mi trasero es un talle menos. ¡Me encanta mi imaginación! Todos me adoran. Finalmente logré dejar atrás el pasado; quizás incluso se trate de una adorable anécdota para contarle a mi nuevo esposo, que no me dejaría porque cometí un error. No; me ayudaría a encauzar mi carrera profesional de manera considerada, compasiva y amorosa. Incluso se haría cargo de mis deudas con el consorcio de la cooperativa. El buen arte todo lo redime.*

Entonces toda esa exuberancia de la visión se hizo añicos a mi alrededor. Alguien se había lanzado hacia mí y me llamaba por mi nombre.

–Brian –escupí–. ¿Qué sucede? ¿Me estás acosando?

-Sí. ¡No! Solo quiero explicarte. -Una vez más, se acercó demasiado.

Diablos, no puedo negar que se me apareció la imagen de un OVNI sobrevolando el cielo azul.

-¿Sobre tu nave espacial? -le pregunté, y no en mi tono de voz más afable, aunque siempre, como regla sagrada, trato de ser amable.

-Dispositivo de decoherencia -afirmó Brian, con énfasis.

-Escucha, Brian, tienes que darte por aludido. No te conozco, y tienes que dejarme en paz.

-El dispositivo de decoherenciación me regresará a mi universo -decía Brian, como si yo no hubiera dicho nada. Esbozó una sonrisa compungida-. Mi resonancia molecular no está sincronizada para estar aquí. Va a descomponerse. Se va a disolver en un charco de limo submolecular.

-¿Limo submolecular? -Me aparté de él. ¿De dónde sacaba esas pavadas?-. ¿Estás drogado? -Eso explicaría mucho; aunque no la comodidad subliminal que sentía a su lado.

-¿Drogado? ¡Jamás! -Parecía ofendido y luego hizo una mueca-. Bueno, una vez en un concierto de Blue Oyster Cult . . .

-Nos vemos -le dije, y me di vuelta.

-¡Espera! -Me tomó del brazo-. ¿No tienes

una sensación vaga, una idea tenue, de que nos conocemos de antes?

–No –mentí, con desconfianza.

–Pero tienes que sentirlo –afirmó–. Porque la realidad no es local y una vez que dos partículas han interactuado entre sí, se mantienen conectadas íntimamente de algún modo.

–Yo no soy una partícula, y no tengo idea de lo que estás diciendo.

–Ya lo sé; suena muy técnico. Soy profesor de Física.

Bueno, ya era suficiente.

–¡Déjame ir, profesor! –le ladré. Lo sé, soy demasiado blanda, pero puedo conjurar una voz en verdad aterradora cuando resulta necesario. Brian dio una especie de salto. Yo salí corriendo y di la vuelta a la manzana.

Brian ya estaba esperándome del otro lado. ¿Acaso podía estar en dos lugares al mismo tiempo?

No, solo era muy rápido, más que yo.

Me escabullí en un ángulo. A paso cada vez más rápido, disparé hacia Broadway, me arrojé hacia una multitud de peatones, y bajé las escaleras de la estación del subterráneo de la calle setenta y dos. Estaba llegando un tren a la estación, e hice a tiempo a pasar por el molinete y subirme al vagón. No lo vi más. Qué alivio.

Of Pablo Casals
and the birthmark

Del estéreo portátil de Brian brotaba música de violonchelo. Rajiv estaba sentado al escritorio de Brian, porque en la oficina solo entraba un escritorio con su silla y otra silla al lado para cuando iba algún alumno. Brian hacía pelotitas con los trabajos prácticos y se los arrojaba a Rajiv, que los direccionaba al cesto de papeles. A pesar de que estaba a menos de un metro, Rajiv fallaba cada vez.

-¿No podemos escuchar otra cosa? -preguntó Rajiv.

-No, por lo menos hasta que ella venga a mi oficina, lo escuche y se quede fascinada conmigo -respondió Brian, mientras tomaba otro trabajo práctico, lo estrujaba y lo arrojaba a su ayudante.

-Quizás nunca venga a tu oficina.

-Ya vendrá. Es alumna de Yale y, por definición, todos en Yale están obsesionados con las calificaciones.

—Es cierto —concedió Rajiv, mientras fallaba una vez más. La pila de papeles fuera del cesto se hizo más voluminosa y descontrolada.

—Además, Rajiv, también debemos tener en cuenta la teoría unificadora del todo.

—¿La resolviste? —canturreó Rajiv, abalanzándose sobre Brian y tomándolo del cuello de la camisa.

—No *esa* teoría del todo; la teoría del todo según Brian Tennyson. —Brian se soltó del agarre de Rajiv—. Es decir, el axioma fundamental de que el bien yace en la raíz de todas las cosas.

—¿El bien en la raíz de todo? Los Veda dicen que Dios está en todo el universo.

—¿Dios? No lo sé. Es menos personal, más neutral. Como el principio de la incertidumbre de Heisenberg. Es solo una afirmación de la inescrutabilidad intrínseca de la naturaleza; no tiene nada que ver con la capacidad de los experimentadores de encontrar la posición y el movimiento de una partícula. No es un comentario; simplemente, es.

—Heisenberg salió en coche a buscar alimento para el gato de Schrödinger, y lo paró un patrullero, que le preguntó: "Señor, ¿sabe a qué velocidad conducía?". "No, pero sé dónde estoy", respondió Rajiv con aire triunfal.

Brian sonrió, pero el chiste no lo distrajo.

—Dependiendo de la bondad del universo, yo, en

forma muy elegante, preparé las condiciones para que ella se acercara: ofrecí créditos adicionales para los alumnos que vinieran en el horario de consulta. Ella sabe que su trabajo práctico no está muy bien, así que va a venir. Cuando lo haga, va a escuchar la música. Se va a enamorar de mí, nos vamos a casar y viviremos felices por siempre.

—Buena suerte con eso —dijo Rajiv.

Alguien golpeó a la puerta. Tessa asomó la cabeza.

Rajiv se cayó del escritorio de Brian y fue a dar sobre la pila de papeles arrugados.

—Oh, estás ocupado —dijo Tessa.

—Para nada, pasa —respondió Brian. Le hizo un gesto para que entrara y le dio un puntapié a Rajiv, que profirió un gemido y salió cojeando hacia la puerta.

Tessa observó los desechos de papel desperdigados por el suelo.

—¿Esos son nuestros trabajos prácticos?

—Todos se sacaron B+ —dijo Brian.

—Salvo por Debbie Doll, que se sacó una A —intervino Rajiv desde la puerta.

—¿Eso por mostrar las tetas por el campus o porque maneja la bibliografía? —quiso saber Tessa. Se sentó y giró en la silla para colgar la mochila del respaldo. La tira de encaje de sus pantaletas se le asomó por la cintura de los jeans.

Los ojos de Rajiv se agrandaron, apreciativos. Con las dos manos, dibujó un ocho en el aire, el signo universal de la adorada silueta femenina.

—Dile a tu ayudante que eso es acoso sexual —afirmó Tessa.

—Debbie maneja la bibliografía —respondió Brian deprisa. De un puntapié, cerró la puerta en la nariz de Rajiv. Luego jugueteó con el estéreo, como si quisiera bajar el volumen, sin dejar de mirar a Tessa con adoración.

—¿Pablo Casals?

—¿El reconocido violonchelista y director de orquesta catalán? —Brian tosió antes de continuar—. Famoso por su grabación de las suites para violonchelo de Bach. Me gustó tu interpretación de la zarabanda la otra noche.

—¿Te pareció buena? —Los ojos de Tessa se suavizaron e iluminaron.

—¡*Absotivamente, afirmalutamente!* —exclamó Brian, una vez más sintiéndose deslumbrado.

—No sé, creo que me fui un poco —dijo Tessa, pero con una sonrisa cálida—. No logré la fuerza y la musicalidad que buscaba.

—Extraordinario —le aseguró Brian—. No tenía

idea de que tuvieras tanto talento. –Hizo una pausa deliberada para mirarla a los ojos–. ¿Qué te trae a mi oficina?

–Puntos adicionales. ¿Cuántos me das por venir?

–Medio punto, por lo menos. Además, te viene bien. Por el trabajo práctico vi que no *grokeas** el material.

–¿*Grokear*? ¿Eso es de *Viaje a las estrellas*? –se mofó Tessa–. Seguro me puedes decir qué episodio y temporada, ¿no? –Levantó la mano con un gesto inconfundible–. Larga y próspera vida.

–Género correcto; obra incorrecta. Pero me impresiona tu técnica. –Brian se encogió de hombros. Tomó otro trabajo práctico y lo arrojó hacia el cesto de basura. Falló.

–El béisbol es tu género –observó Tessa–. Escuché que juegas en primera base. –Su voz adoptó un tono casual, pero Brian vio la chispa que destelló en sus ojos.

–¿Ah sí? ¿Estás preguntando cosas sobre mí? –le preguntó Brian, enarcando la ceja.

–Bueno, ya sabes, a la gente le gusta hablar –afirmó Tessa, bajando la mirada.

---

*En inglés, "grok", término acuñado por Robert A. Heinlein en la novela de ciencia ficción *Stranger in a strange land*, que significa "comprender algo tan profundamente hasta compartirlo y fusionarse con ello" (N. de la T.)

¡Adentro! Brian arrojó otra pelota de papel al cesto.

—Me alegra tener la oportunidad de jugar aquí. Nunca fui muy bueno para el básquet, pero practico a ver si encesto. Nunca hay que rendirse, ¿no crees?

—A veces es más sabio aceptar lo que no se puede cambiar. ¿Cuánto me tengo que quedar para ganarme esos puntos extra?

—¿Te interesa aprender el material? —preguntó Brian. Se inclinó hacia ella, para obligarla a volver a mirarlo—. Te lo podría enseñar.

—¿En verdad es necesario? —Tessa simuló un bostezo—. Curso la materia para cumplir con un requisito interdisciplinario. No me interesa la matemática. No la voy a usar nunca.

—Preferiría enseñar física, o mejor aún, trabajar en mi investigación. Pero esto era parte del acuerdo. Pero bueno, tú eres música, y la música tiene la elegancia y la precisión de la matemática. —Brian volvió a arrojar una pelota de papel, que una vez más fue a parar fuera del cesto.

—Mucha retención, profesor. Qué suerte que no eres lanzador. ¿Me puedo ir ya? Tengo que ensayar. Tocamos otra vez en Woolsey la semana que viene.

—Allí estaré —le prometió Brian con tono férreo.

—¿Porque eres aficionado de Casals? —El labio

de Tessa tembló un poco, y lo miró con expresión cómplice.

—Lo seré para entonces.

—Apuesto a que sí —respondió Tessa. Se dio vuelta en la silla para tomar la mochila. Con el movimiento, sus deliciosas pantaletas de encaje volvieron a hacer su aparición por sobre los jeans, y dejaron al descubierto una marca de nacimiento rosada con forma de corazón sobre el sacro.

A Brian se le iluminaron los ojos.

—¿Quieres ir a Naples a comer pizza un día de estos?

—¿Acaso no me saqué ya una A? —preguntó Tessa en tono razonable—. Sabes que quieres ponerme una A.

—Vamos a comer pizza y te pongo una A+.

Con la mano en el picaporte, Tessa hizo una pausa.

—Yo no soy un genio de la matemática y la física que obtuvo un doctorado del MIT a los diecisiete años mientras se graduaba en Buckingham Brown, y que luego vino a Yale para especializarse en Estudios de Estados Unidos y jugar béisbol, pero hasta yo sé que no se puede obtener más que un promedio de 4.0, profe. Ey, ¿te dijeron que la entropía ya no es lo que era? —Le guiñó un ojo por encima del hombro, y abrió la puerta.

Rajiv cayó hacia delante, con la oreja apoyada donde había estado la puerta y se deslizó hacia la oficina.

Tessa emitió una exclamación de desagrado, pasó por encima de Rajiv y se marchó.

-¡Cuatro hijos y una casita con cerca blanca! -canturreó Brian. Podía ver todo un futuro brillante por delante, con Tessa como protagonista. Era hermoso, y prueba máxima de la bondad que habitaba el universo conocido.

7

Originales genuinos
y otras falsificaciones

Era una típica galería de Chelsea, lo que significaba que me invadía la tentación de incendiarla hasta los cimientos. No se consideraría piromanía sino un servicio a la comunidad.

Las advertencias de José acerca del consorcio de copropietarios me había dado la idea de buscar una galería donde exhibir mis paisajes. Ahora que había vuelto a pintar y, como habían pasado algunos años desde que todo implosionara a mi alrededor, estaba lista para salir al mundo y mostrarle mi trabajo nuevamente. Quizás. Bueno, casi.

Pero esa galería no era la correcta. Estaba llena de imitaciones de Damien Hirst y de aspirantes a Jeff Koons. Al ver algunas de las etiquetas con el precio, la ira se apoderó de mí: todo estaba a precios ridículamente excesivos. Si yo vendiera aunque fuera UNO de mis bellos cuadros de paisajes, a una fracción de esos precios, podría financiar los programas del reverendo Pincek durante un año. Si vendía dos, ya no tendría problemas con el consorcio.

También tenía un interés personal, ya que había tenido un contratiempo con el mundo del arte hacía tres años. Después de trabajar años con diligencia para perfeccionar mi arte, todo había terminado en una nube de traición, rumores y acusaciones falsas.

—Tanto dinero para tan escaso talento —murmuré, sin poder desprenderme de la amargura que bullía en mi interior—. Yo pinto mucho mejor. Tengo que exhibir mi trabajo. Tengo que salir al mundo, para que las personas vean que tienen opciones; no tienen que aguantar esta porquería.

Luego me quedé helada. Había una pared entera cubierta de desnudos femeninos al estilo Picasso, duplicados en tableros de colores al estilo Warhol. Era trillado y engañoso a la vez, con una pizca de chabacanería, y yo lo sabía bien. Demasiado bien, demasiado.

Mi corazón casi dio un salto al ver el precio de la etiqueta.

¿Por qué el arte de mala calidad se cotizaba tan alto?

¿Por qué no se reconocía y valoraba el arte de calidad?

¿Por qué la gente no perdía el tiempo a la hora de creer los chismes y se negaba a escuchar la verdad?

Se me acercó un hombre elegante de barba, enfundado en un traje de color fucsia.

—Soy Frances Gates, el dueño de esta respetable galería. ¿Le agradan estos Cliff Bucknell originales?

—¿Originales? —chillé. Cliff Bucknell no tenía nada de original. Yo lo sabía mejor que nadie.

—Desde luego; son originales. Oí hablar de ese escandalete de hace unos años, pero los rumores no eran más que una estratagema de marketing, se lo aseguro. Solo a Cliff Bucknell podría ocurrírsele un ardid tan genial.

—Genial —repetí, sin respirar. El volcán que bullía en mi interior acumulaba presión.

—Venga por aquí, mi querida. Tengo algo que en verdad la dejará sin aliento. —Me escoltó hacia una pequeña calavera sonriente cubierta con estrás y lentejuelas de colores—. La interpretación de Cliff Bucknell de *Por el amor de Dios*. ¿Acaso no es ocurrente?

Las cifras del escaparate bailaron delante de mis ojos y la habitación comenzó a dar vueltas.

—¿Es...? ¿Es...? ¿Cuesta un millón de dólares?

—Hay quienes piensan que es mejor que la de Hirst, incluido yo mismo. —Gates se apoyó la mano en el pecho.

—Pero, pero . . . —protesté, mientras se me cerraba la garganta y mi pasado hacía erupción, viscoso y ardiente como lava. ¿Por qué había pensado alguna vez que podía escaparme de él? ¿Acaso no había modo de rectificarlo?

–Veo cómo la conmueve esta pieza –observó Gates, mientras asentía con expresión comprensiva–. Escuche, estamos organizando una exposición con la obra de Bucknell, que será la primera que hace en años. –Se inclinó hacia mí, para susurrarme directamente al oído–. Será su primera exposición desde el escándalo, que fue totalmente falso, como sabrá. Aquí tiene una invitación. –Me puso una tarjeta en la mano, impresa con mal gusto.

–Ay, Dios –gorgoteé. La tarjeta se deslizó al suelo cuando alcé las manos.

–Querida, ¿necesita ayuda?

–Yo no, ¡pero estos artistas sí! –exclamé. No podía evitarlo; estaba tan indignada.

Gates dio un paso atrás.

–¡Le he mostrado el mejor arte posmoderno de la ciudad!

–¿Ah sí? ¿Pero entonces dónde está? El mejor arte posmoderno de la ciudad. ¿Dónde está?

Gates gesticuló con las manos como un director de orquesta.

–¿Qué cree que es todo esto?

–¿Que qué *creo* que es? ¿O qué *sé* que es? –Lo tomé de la manga y lo arrastré hasta un tanque donde flotaba un fémur incrustado con circonita. Precio: $300.000–. Esto es mercadería cara. Mercadería cara, fea y sin sentido. ¡Los mercenarios que lo fabricaron se merecen un tiro en la rótula!

Gates se encogió para liberarse de mí.

–Si usted es una de esas que . . .

–¿Una de esas personas que ama el arte verdadero? –exigí saber. En mi mente, me vi de pie en el Vaticano, debajo de la sublime *Creación de Adán* de Miguel Ángel, en el cielorraso de la Capilla Sixtina. *Magnífico y majestuoso, Dios extendió la mano a su creación, Adán, y un coro sinfónico de Aleluyas lo acompañó...*

Pero mi boca todavía se movía como si fuera un automóvil sin conductor a toda velocidad por la autopista. Eso me pasaba a veces cuando se apoderaba de mí el espíritu intenso y salvaje que llevaba adentro, pero que la mayor parte del tiempo permanecía oculto.

–¿Una de esas personas que ama ese tipo de arte que enaltece y ennoblece a la gente? ¿El tipo de arte que nos acompaña en el peor momento y nos da inspiración? ¿Una de esas personas?

–Eso es tan arqueológico –observó Gates con un respingo. Sus palabras perforaron mi feliz burbuja renacentista.

Una vez más estaba parada en Chelsea, en una galería llena de chucherías berretas que un semidiós altanero, condescendiente, vengativo, con serios problemas mentales creía que valía cientos de miles de dólares.

−No hay nada arqueológico en la belleza.

−Si quiere ver belleza, tómese un taxi hasta el museo Metropolitano. Pensé que admiraba a Cliff Bucknell; reaccionó con tanta emoción a su obra. −Gates parecía herido.

−Cliff Bucknell no llega ni a ser un fraude −afirmé.

Eso sacó de eje a Gates, que giró sobre los talones y se marchó.

Fui tras él. Escuché un ruido detrás de mí, cuando entró alguien, pero no me di vuelta para mirar. Estaba demasiado concentrada en alcanzar a Gates, para de algún modo hacerle comprender lo que él, la comunidad artística y el mundo en su totalidad necesitaban saber: que el arte no tiene que ver con la ironía, el ingenio y el comercialismo y la moda y todo ese glamur superficial que no significa nada y que pronto se desvanece. El arte tiene que ver con algo más profundo, más real. Algo trascendental que nos muestra el camino hacia una versión mejorada, más genuina, de nosotros mismos. El arte es belleza. El arte es significado.

El significado al que nos inspira el arte bien amerita una acción drástica.

Gates se escabullía deprisa. Lo tomé del brazo y tironeé para que se diera vuelta y le mostré unas pinturas de naturaleza muerta púrpuras espantosas.

"¡La gente solo compra esta porquería porque le hace juego con las cortinas!

—¿De qué son estos pelos? —preguntó Gates, con la mirada clavada en mi chaqueta—. Necesita un nuevo peluquero.

—Señor Gates, ¡hay artistas que han estudiado su arte y desarrollado una estética a partir de una tradición válida, que tienen algo no pedestre para decir!

Gates se llevó la mano a la frente y resopló.

—Me está dando una jaqueca. ¿Está bajando la presión barométrica?

Qué diablos, ¿por qué no podía escucharme? Lo tomé del cuello de la chaqueta y lo sacudí.

—¡Puede exhibir obras de arte de verdad!

—No si quiero vivir de esto —respondió. Se escurrió de entre mis manos y se encerró en su oficina.

Entonces, como un maremoto de asco, ira, tristeza, me invadieron todos esos viejos sentimientos acerca de la estúpida trivialidad en la que había degenerado el arte desde que Marcel Duchamp nos jodiera bien a todos endilgándonos un mingitorio, valioso por un minuto y medio por el revuelo que causó antes de que se esfumara la novedad. Es decir, pasaron más de cien años y los artistas, con su falta de originalidad y creatividad, siguen imitando ese mingitorio. Volví hasta donde estaba la calavera.

Y entonces me quedé sin aliento. ¿Qué?

Quedé atrapada en un abrazo de oso que me inmovilizó como un corsé de hierro.

–¿Te gusta la calavera? Solo cuesta un millón de dólares –graznó Brian.

–La detesto, y quiero que se muera en un agujero –susurré, mientras luchaba y trataba de respirar–. ¿Acaso no te dije que desaparecieras?

–¿Cómo sabes que eres físico? Porque evitas revolver el café para no aumentar la entropía del universo –Brian respondió a su propio chiste, con una risita. Sí, sin duda estaba loco.

–¿Cuán loco y delirante eres? –exigí saber. Me quedé inmóvil, y quizás por la súbita falta de movimiento, él me soltó. Inhalé una gran bocanada dulce de aire, feliz de respirar sin constricción. También estaba contenta de verlo a Brian, lo que era incomprensible, y me enfadó en verdad.

–Lo que quiero decir es que los físicos piensan por sí mismos; no puedes decirles qué hacer. Solía volverte loca. –Levantó la calavera y la sacudió al oído–. Ay, pobre Yorick. Yo lo conocí, Tessa, era un tipo de una alegría infinita.

–Déjalo –espeté, tomándolo del brazo–. Se le van a salir las lentejuelas; están pegadas con cola de Elmer.

–Tenla. ¿Nunca quisiste tener un millón de dólares en tus manos? –Brian me puso el *objet d'art* en la mano.

Me quedé mirándolo fijamente. Me abrumó una mezcla de sensaciones: asco, envidia y otras emociones aún más feroces. La hice girar en la mano una y otra vez.

–Es tan fea.

–A la gente le encantan estas cosas.

–A la gente que no sabe nada; fueron engatusados por la corrupción del arte comercial para que piensen que lo único que tiene que hacer el arte es colgar de la pared y que eso aumentará el precio. –Era todo lo que no andaba mal en el mundo del arte, por lo que había pagado un costo elevado.

–Basta, chica –dijo Brian. Me quitó la calavera y la volvió a poner sobre su base–. Alguien lo va a pagar. Un millón de dólares. ¿Sabes qué haría con un millón de verdes? Te llevaría a Viena, al barrio de Mozart. Siempre quisiste ir allí.

No había respuesta adecuada a ese comentario absurdo, y los míos estaban a punto de mostrar sus letales colmillos. Salí disparada. Brian me siguió. Al mirar atrás, vi que me contemplaba con expresión enternecedora. Inhalé profundamente como para limpiarme.

—Brian, ya te dije una y otra vez que te marches. ¿Por qué me sigues?

—El tema es . . . —comenzó a decir, inclinando la cabeza como un pajarito que muestra interés—. Estamos casados.

—Profesor, si es que en verdad eres profesor, me da pena por ti, pero . . .

—Somos marido y mujer. En un universo alternativo. Hay muchos. Imagínate: hay un mundo alternativo en el que amas este arte, en el que Cliff Bucknell es tu ídolo.

—Imposible —resoplé—. Cliff es un asqueroso narcisista, manipulador, que engaña y usa a la gente.

—No, en este otro mundo, estás obsesionada con su obra. Lo ves como el pináculo del logro artístico humano. Hay un universo en el que esta cosa te pertenece. Incluso puede haber un universo en el que te guste tanto que la robas —siguió Brian. Abrió las manos en un gesto abarcador—. No puedes contener tus pasiones. Las cámaras de seguridad no funcionan; no hay guardia ni vendedor. Así que, en ese universo alternativo, tomas la decisión de meterte esa calavera en el bolso.

—Imposible.

—Esa calavera soluciona todos los problemas de tu vida, esa calavera, que representa el pináculo de la belleza y la maravilla del universo —afirmó Brian. Hizo uno de sus gestos exagerados que me llevó a un reconocimiento vago, sin resolver, como el recuerdo de una vida pasada que nunca puede recuperarse, porque yo no creía en la reencarnación.

—Estás totalmente loco —le dije, aunque de repente, vislumbré cierta lógica en medio de su locura. ¿No se resolverían muchos problemas si me llevara la calavera? Y en verdad, ni siquiera sería robo, por razones que no podía evitar recordar.

—No; sólo imagino las posibilidades. ¿Tú no lo haces?

Lo fulminé con la mirada, y no respondí.

—En mi universo tienes más agallas —observó Brian—. Agallas, no: centro. Confianza en ti misma. Algo. Aquí ladras, pero no muerdes.

—No ladro, pero sí que muerdo —le dije, un poco altiva, debo admitir. Es decir, sé que soy una debilucha, ¿pero necesito que un loco sin techo me lo esté señalando? No. No, no necesito eso. Además, dado que la discreción es el aspecto más atractivo de la valentía, ser una debilucha es parte de mi inefable encanto. Así es como son las cosas.

Desde luego, remite a la pregunta de por qué no he salido con alguien en más de un año. *Tengo que volver a correr para poner el culo en forma* . . . Se me ocurrió que mi imaginación, con todo lo maravillosa que era, no iba a tonificar mis cuartos traseros.

Tendría que ponerme en movimiento.

—No, no me parece —decía Brian—. Pareces casi perdida y confundida, en realidad.

—No lo estoy. Y este es tu universo. —Volví a caminar hacia donde estaba la calavera y me quedé mirándola.

Brian estaba solo a medio paso de distancia, detrás de mí. Me tomó la barbilla para que me diera vuelta para mirarlo. Luego adoptó una postura académica y habló con tono de superioridad:

—Una teoría de la física dice que toda resolución posible se produce con una probabilidad del cien por ciento.

Sentí que me observaban y me volví con suficiente rapidez para ver que Frances Gates asomaba la cabeza por el marco de la puerta de su oficina. Le hice un gesto para que saliera, por favor. Quizás me podría rescatar de la perorata de Brian.

Gates cerró la puerta de un portazo.

—Maldito. Tiene miedo de confrontarse con alguien que ve más que el valor monetario del arte, que ve su calidad de conmover y elevar el espíritu —masculié.

—Te tiene miedo —dijo Brian—. Por tus ladridos.

—Podría hacer mucho bien con un millón de dólares.

—Ves, te hice pensar en las posibilidades; eso es bueno —se entusiasmó Brian.

—Ay, siempre pienso en las posibilidades —murmuré—. Son las consecuencias indeseables que me detienen.

—Estás aprendiendo. Ahora, ven conmigo. —Me pasó el brazo por sobre los hombros con gesto amistoso.

¿Acaso esperaba que me fuera con él hasta su plato volador? ¿Sería un asesino serial psicótico que me quería llevar hasta algún lugar alejado donde me pudiera descuartizar con un hacha? De algún modo, no me parecía ser el caso, aunque no sabía por qué; estaba segura de que no era porque habíamos estado casados en un universo alternativo. De algún modo, pensaba que el sujeto era inofensivo. Posiblemente incluso tuviera buenas intenciones. Pero como mejor prevenir que curar, le pregunté:

—¿Ir contigo adónde?

—De regreso al *Big Bang*, que no fue un solo

acontecimiento. –Acercó su cabeza a la mía y habló con tono conspirativo–. Imagínate, si puedes, la aterciopelada negrura del espacio, con múltiples explosiones que irradian . . .

Me hablaba en un tono tan suave y persuasivo que lo visualicé a la perfección. Sería una hermosa pintura de algún tipo, pero no en serio, no arte elevado, no . . . ¿Qué diablos me pasaba? Ya debía haber aprendido a no dejar que ese hombre me atrapara en sus excentricidades.

Brian seguía hablando.

"En la teoría de la inflación eterna, hay *Big Bangs* interminables y continuos que se desprenden de un sustrato subyacente de inflación del espacio-tiempo. Cada uno produce su propio cosmos; el tuyo; el mío.

Por el rabillo del ojo, vi que un guardia de seguridad entraba por la puerta de acceso, con una taza de café de cartón en la mano. ¡Esa era mi oportunidad!

–¡Guardia! ¡Guardia!

El hombre se acercó.

–¿Necesita algo?

Empujé a Brian hacia el guardia.

–Este loco me está molestando.

–No estoy loco; estoy de visita. La conozco mejor que a mí mismo –respondió Brian intensamente.

–No lo vi nunca antes de hoy –respondí.

Brian señaló mi pelvis.

—Tiene una marca de nacimiento con forma de corazón en la espalda, justo arriba de la raya . . . Muéstrale, Tessa.

¿Cómo lo sabía?

El guardia posó la mirada en mi culo con interés lascivo.

—¡No pienso bajarme la falda para mostrarle el culo a nadie! —exclamé, indignada. Pero estaba un poco intrigada. ¿Cómo sabía este payaso de mi marca de nacimiento?

Frances Gates debe de haber encontrado un par de cojones en algún lado, porque emergió de la oficina, preparado como si fuera a la guerra.

—¿Hay algún problema? —preguntó fríamente.

—¡Me encanta ese traje! —exclamó Brian. Abrazó a Gates con efusividad. ¿Qué le pasaba a ese chiflado que abrazaba a todo el mundo?

¿Qué tenía atractivo tenía ese loco con sus ideas absurdas y seductoras?

—Puf —masculló Gates—. Con darme la mano basta. Me está llenando de gérmenes.

—Soy el doctor Brian Tennyson, físico general —afirmó Brian, mientras le estrechaba la mano con fuerza—. ¿De dónde lo sacó? Es asombroso. ¡Nunca toqué algo tan suave!

—¿No es fabuloso? —preguntó Gates, pavoneándose—. Le contaría el tratamiento súper secreto que le hacen a la tela, pero tendría que matarlo después.

—Siempre quise un traje de terciopelo rojo —afirmó Brian.

—¿Por qué no ahora? —preguntó Gates.

—Qué cierto es eso. Uno siempre cree que tiene todo el tiempo del mundo, y luego descubre que todo terminó antes de darse cuenta —observó Brian.

El guardia interrumpió esa conversación tan banal, mientras yo aprovechaba lo absortos que estaban los hombres en semejante chismerío para hacer lo que tenía que hacer, y luego escabullirme de allí.

Con el bolso un poco más cargado que cuando había llegado.

Y con una sensación de renovada valentía corriéndome por las venas.

8

Un beso con cualquier otro nombre

La sala de conferencias del Observatorio Leitner se estaba llenando hasta colmar su capacidad. Brian estaba de pie cerca de la puerta, buscando entre los asistentes con la mirada. Finalmente la vio, en la última fila. A su lado había un asiento vacío y él se apresuró a sentarse a su lado. Vio que había una partitura en la falda de ella, sobre su cuaderno. Vio que tenía las manos pequeñas y delgadas, y callos gruesos en los dedos de la mano izquierda. Se estremeció de solo pensar cómo se sentirían esos dedos contra la piel, sobre su cuello y su espalda.

Luego pensó en las manos de él sobre la piel de ella, el cuello, la espalda, y todo su cuerpo estalló en llamas. Tenía que decirle lo que sentía. Ya era hora. Ella ya no era una alumna. No estaba prohibida.

—Bienvenidos a Astronomía para no especialistas, una "A" fácil —le dijo a Tessa con tono ronco.

Ella se enderezó, y ¿no era eso una sonrisa esperanzada en su rostro?

—¿Tú enseñas esta clase?

—No —respondió Brian, con la mirada clavada en la boca de ella—. Este semestre también me engancharon para dar Análisis Matemático.

—¿Entonces qué haces aquí?

—Estoy supervisando la clase.

—Ah —respondió Tessa. Se inclinó hacia él, con un movimiento sutil, pero a Brian, que comprendía bastante bien el concepto de cuantificación, le pareció casi infinito—. Me parece que estás contento de que ya no soy tu alumna, y que viniste a verme a mí.

—Es verdad —afirmó Brian. Se dio cuenta de que estaba conteniendo el aliento y se obligó a inhalar—. Dime, hay algo que necesito saber: ¿cuántos hijos quieres?

Los labios de Tessa se curvaron apenas y se movió un poco en su asiento, algo nerviosa.

—Mira, profe, eres lindo y todo eso, pero tengo un novio de toda la vida esperándome en casa. Tú y yo solo podemos ser amigos.

Brian trató de pensar en una salida ocurrente, un comentario digno de Yale, irónico, que le causara buena impresión. Pero no era lo suyo. Ese era el problema que presentaba siempre el lenguaje; fallaba en el momento crucial. Pero para eso estaba la física. Y Brian entendía la física, la comprendía por completo, desde el cuero cabelludo hasta las uñas de los pies, al igual que lo había entendido a los siete años, cuando abrió el manual de Física de su primo, que cursaba el décimo año.

La Física solo tenía una respuesta para las palabras de Tessa. Brian se jugó. La tomó de los hombros y la besó deprisa, dulcemente. Cuando la soltó, la partitura estaba en el suelo. Y él sabía cómo se sentía el contacto de los dedos calludos de ella contra la piel. Eran mucho más suaves de lo que parecían.

9
Traseros grandes y maridos

Estoy de pie frente a la puerta de la señora Leibowitz, golpeo y golpeo. Nadie atiende.

Luego la puerta se abre sola. En realidad no estaba cerrada.

Algo no estaba bien.

Entré al vestíbulo, que era pequeño pero bien amoblado, con una alfombra persa, una lámpara de mil lágrimas y un modular de caoba con adornos de estatuillas de cerámica.

-¿Hola? -llamé-. ¿Señora Leibowitz? ¿Hola?

Sin respuesta.

Caminé por el vestíbulo hasta la sala, que tenía muebles de calidad pero gastados, dos bibliotecas atestadas de viejos libros, un enorme piano y otra alfombra persa de lo más elegante. El aire estaba tan quieto que se podían ver las partículas de polvo arremolinándose bajo la luz del sol que se filtraba por la ventana. Tanta quietud me resultaba perturbadora.

"¿Señora Leibowitz, está aquí? Soy Tessa.

Silencio.

Recorrí el apartamento, hasta llegar al dormitorio. La llamé y me paseé por la habitación. Me detuve brevemente frente a la cómoda para mirar las fotos: graduaciones, bodas, bebés, vacaciones familiares. Pasé los dedos por un trofeo de bridge, escarpines color bronce y una placa con la leyenda: "PRESIDENTE DE PTA. NUESTRO AGRADECIMIENTO". Un portarretratos de marco plateado grabado con la inscripción "FELIZ 50° ANIVERSARIO" mostraba a la señora Leibowitz con su sonriente esposo, inclinándose el uno hacia el otro.

Alcé la foto del aniversario.

–Sí, pobre Yorick. ¿Por qué alguien pagaría tanto por una calavera de resina que no revela ninguna verdad sobre la condición humana? –Sentí una tenue nostalgia por algo que no tenía, y que no sabía si tendría alguna vez. Había perdido a un marido y por poco mi propia alma, y no sabía si podría reemplazar a ninguno de los dos; no había ningún hombre en mi vida que tuviera menos de setenta y cinco años, ¿y qué hablar de hijos? Pero me dije a mí misma que mi tristeza solo respondía al estado del mercado del arte.

Esa era la manera de convertirse en una mentirosa eximia: toda una vida de practicar con una misma.

Con un suspiro, volví a apoyar la foto en el mueble, junto a todos los demás recuerdos de una vida vivida a pleno. Volví a la cocina. En la mesada, había un envase plástico de ensalada de pescado de Zabar's, abierto. A su lado, un tenedor de plata para ensalada, que había perdido el lustre. ¿Por qué la anciana habría de preparar la comida y dejarla así? No lo haría. ¿Qué le había pasado? Sentí una punzada de miedo.

Entonces noté que la puerta de atrás estaba entreabierta.

La abrí de un empujón y me asomé a la escalera en sombras.

–¿Señora Leibowitz? ¿Está ahí abajo?

–¿Tessa? ¿Eres tú? –dijo alguien con un tenue hilo de voz.

• • •

Afortunadamente, la señora Leibowitz no se había hecho daño. Había sacado la basura al pasillo de atrás, por donde la recogía el portero. Le pareció ver al gato del vecino apoyado precariamente en el alféizar de la ventana, así que bajó hasta el descanso entre pisos, ante lo cual el gato saltó a las escaleras y se marchó. El solo verlo la cansó tanto que se sentó a descansar. Luego vio que no se podía mover. Pensó que alguien vendría en algún momento, así que esperó y se puso a tararear mientras miraba al gato, que la observaba a su vez desde el alféizar, unos pisos más arriba.

Casi la llevé en andas de regreso al apartamento. Quería llamar al médico, pero ella se opuso y me rogó que la llevara a pasear para disfrutar del bello aire primaveral. Sus súplicas eran tan lastimeras que cedí; la acomodé en la silla de ruedas y salimos a tomar el elevador. Le arreglé el chal de encaje sobre los hombros y pensé en lo maravillosa que era, anciana pero hermosa, con el pelo blanco enmarcándole la cara.

–Espero que cuides tan bien de ti misma como de mí –comentó la señora Leibowitz, dándome una palmadita en la mano.

–No pienso mucho en mí; solo quiero ayudar, señora Leibowitz –le dije–. A ver, tengo una pregunta para hacerle: ¿qué haría con un millón de dólares?

–Uno a menudo pregunta a los demás lo que se

pregunta a sí mismo. Así que, Tessa, ¿qué harías tú con un millón de dólares?

—Se los daría al reverendo Pincek, para que pueda continuar con sus programas —dije sin dudarlo. ¿Y no estaría contento el reverendo? *Lo podía ver con esa enorme sonrisa jovial de agradecimiento en el rostro, después de darse cuenta de que se habían terminado sus preocupaciones y de que podría continuar con sus programas de asistencia . . .*

—¿Y para ti nada? ¿No tienes necesidades? —quiso saber la señora Leibowitz con suavidad.

—Ay, casi me olvido. Tengo algo para usted. —Metí en la mano en el bolso y saqué la caja de chocolates.

—Pero qué chocolates tan elegantes —susurró la señora Leibowitz—. No puedo aceptarlos . . .

—Tiene que aceptarlos —le aseguré—. De lo contrario, me los voy a comer todos yo, y se me va a poner enorme el trasero, con celulitis, y jamás encontraré otro esposo. Incluso aunque tenga uno en otra vida, no voy a tener un marido en esta vida.

La señora Leibowitz soltó una risita.

—Querida, a los hombres les gustan los traseros grandes. A mi Bernie le encantaban. Por eso nuestro hijo mayor llegó solo seis meses después de casados. Y nació con casi cuatro kilos y medio.

Me reí con ella de la insinuación. Luego se abrió

la puerta del elevador y empujé la silla de ruedas hacia las colinas de Riverside Park, que estaba verde, lleno de neoyorquinos que disfrutaban de la brisa primaveral después de un frío y nevado invierno. La señora Leibowitz sonrió mirando el sol y pareció diez minutos más joven. Súbitamente me alegré de haber cedido ante su insistencia y haberla traído al parque en lugar de llevarla al médico. Se la veía tan feliz.

Me pregunté si me sentiría así a su edad. Me pregunté si me sentiría así a *mi* edad. Me pregunté si alguna vez volvería a sentirme así, o si el remordimiento y el arrepentimiento me seguirían por siempre, como un perro que mendiga comida. Lo que me recordó todo el equipaje que cargaba conmigo.

Entonces le pregunté:

—La verdadera pregunta es: ¿qué haría uno por conseguir un millón de dólares?

—Casarte con alguien con mucho dinero – respondió la señora Leibowitz sin pensarlo—. En realidad, casarte con un buen hombre que se enriquezca contigo. Eso hice yo. No éramos ricos, no como tu generación piensa en la riqueza, pero no nos faltaba nada.

—Casarme —repetí, y con una oleada inesperada de energía, impulsé la silla de ruedas con fuerza. La señora Leibowitz profirió una exclamación y estiró los brazos. Me pareció oír a alguien detrás y me di vuelta para ver, pero no vi a nadie. ¿Acaso estaba escuchando cosas raras hoy?

Volví a concentrarme en la señora.

−Usted ha sido muy afortunada −le dije−. Tuvo un matrimonio maravilloso y una vida feliz y gratificante junto a Bernie.

−No fue mi único pretendiente. A otros hombres les agradaba mi gran trasero.

Tuve que decirle que estaba de acuerdo.

−Es cierto. Vi las fotos, señora L. Usted era infartante. Todavía se ve sensacional.

−Cuando era joven, me parecía a Greta Garbo. Eso atraía a los hombres. Yo elegí al que me hacía reír. No siempre fue fácil, pero eso nos unió siempre.

−Eso es bueno para el largo plazo −admití, con un suspiro−. Ojalá conociera a un hombre. Creo que casi estoy lista. Tendría que ser un hombre que entienda de arte. Que me haga sentir bien. −Habíamos llegado a la cima de una pequeña colina en Riverside Park. Hice una pausa para mirar hacia el río Hudson. Con la luz color limón y la suave brisa que agitaba los capullos verde pálido de las ramas grisáceas de los árboles, inmediatamente tuve una visión de un paisaje para pintar: *el río, su superficie brillante, el suave cielo cerúleo y la extensión de colinas . . .*

—Vas a encontrar a alguien, Tessa —La voz suave y aflautada de la señora Leibowitz rompió mi ensoñación—. Una chica linda como tú, tan buena, y con ese trasero tan lindo, también. Deberías estar orgullosa de él. Deberías usar faldas ajustadas para mostrarlo más. Sentirte traviesa con la ropa te da seguridad, y eso atrae a los hombres.

—Después de David, bueno, no quiero ilusionarme . . .

—Esto no tiene que ver con ilusionarse —afirmó la señora L. con expresión pícara—. Tiene que ver con la acción. Tienes que pescar a los hombres. ¿Cuándo fue la última vez que tuviste relaciones sexuales?

—¡Señora Leibowitz! —protesté, y me deshice en risas. Con razón la anciana era mi favorita entre todos los que venían a la iglesia. De repente me puse seria. ¿Hacía cuánto tiempo que no tenía sexo?

No lo recordaba. Tenía que ser con David, claro. ¿Pero cuándo? Esos últimos meses antes de que él se fuera, yo estaba hecha un desastre. No había mucha intimidad conyugal entre nosotros.

Luego vi algo, un movimiento detrás del tronco de un árbol: un hombre que trataba de permanecer oculto. ¡Él! Sentí una indignación eléctrica. Que se preparara, porque me iba a conocer. Me di vuelta de golpe y no lo registré, pero al girar, mi bolsa golpeó la silla de ruedas.

Brian me vio venir. No parecía saber qué hacer, salió para la izquierda, para la derecha y luego se agachó para cubrirse.

-Vine aquí para verte. ¡Ay! ¡Me dolió! -Brian luchó por zafarse de mí-. Te fuiste de la galería de arte sin despedirte . . . ¡Ay!

-¿Ahora crees que puedo morder? -exigí.

-Esa obra de arte tan costosa desapareció - afirmó Brian. Logró rodear mi pierna con la suya y hacer una especie de movimiento de lucha libre, para sacarme de encima. Se sentó y me miró con expresión severa-. ¿Te la llevaste tú, Tessa?

-Esa cosa no es arte -escupí y tambaleé hasta ponerme de pie-. Es una mercancía. No hace nada en absoluto por enriquecer la humanidad; solo abulta los bolsillos del sistema corrupto que se ha apoderado de la producción artística. -Alcé el dedo para darle énfasis a mi perorata.

-Pero no te pertenece -respondió Brian. Se puso de pie de un salto y me sacudió el dedo también.

-Alguien tiene que salvar los programas de bienestar del reverendo Pincek. Tú fuiste quien dijo que la robé en otro universo porque representaba todo lo bueno y genuino.

-Eso no fue lo que dije; sacaste mis palabras de contexto por completo . . .

-Iupiiii . . . . -canturreó la señora Leibowitz.

Brian y yo nos dimos vuelta. La silla de ruedas había pasado la cima de la colina y lenta, pero inexorablemente, bajaba por la cuesta, cobrando velocidad hasta deslizarse colina abajo. La mujer reía con los brazos extendidos y el chal revoloteándole alrededor.

–¡Ay, Dios mío! –exclamé. Brian y yo salimos corriendo tras ella.

Para un indigente que había perdido el juicio, Brian estaba en excelente estado físico. Alcanzó la silla de ruedas antes que yo y la tomó sin dejar de correr y luego, despacio, ágilmente, la desvió del tráfico que llegaba por Riverside Drive, hasta detenerla por completo.

–Qué buena maniobra, joven –aprobó la señora Leibowitz, que tenía las mejillas un poco coloradas–. Pensé que terminaría dada vuelta.

–Inercia, ¿no es así? –dijo Brian–. Me recuerda a mi chiste favorito de *Viaje a las estrellas*. Unos físicos mandaron una carta a los autores del programa, para preguntarles: "¿Cómo funcionan los compensadores inerciales?"

–Señora Leibowitz, ¿se encuentra bien? –pregunté, jadeando y arrodillándome para examinarla.

–Y los escritores respondieron: "Muy bien, gracias" –terminó Brian, a carcajadas.

—Estoy bien, Tessa. —La señora L me dio una palmadita en el brazo—. Tu amigo me contó un chiste que no entendí.

—No es amigo mío. Es un loco que vive en la calle, que ya se va —afirmé. A paso firme, me puse detrás de la silla de ruedas, para poder enseñarle los dientes a Brian de manera discreta.

—Parecen amigos —observó la señora L—. Parecen tener una conexión de algún modo.

—No es así —respondí.

—Sí lo es. —Brian me interrumpió, tomó la mano de la señora L y le sonrió con encanto—. Soy el doctor Brian Tennyson; un placer conocerla, señora. Usted es una dama muy encantadora; tiene unos ojos hermosos. Vaya.

Si la abrazaba, yo me le tiraría encima.

La señora Leibowitz se deshizo en risitas y se inclinó hacia Brian, aferrándole la mano.

—¿Oíste eso, Tessa? Es un encanto, y es doctor.

—No es ese tipo de doctor —aclaré, mientras le hacía gestos a Brian para que se marchara—. Es profesor de física. O eso dice.

—¡Absotivamente, afirmalutamente! —respondió Brian, estrujando la mano de la anciana—. Me especializo en decoherencia macroscópica.

—¿Y eso qué es? —respondió la señora L, ¿acaso

batiendo las pestañas? Vaya, vaya, señora L, qué picarona resultó. El sujeto es lindo, lo admito, pero igual . . .

—Imagínese, la aterciopelada . . .

—Será mejor que la lleve a su casa, señora L. Quiero llamar a su médico para que vea por qué se estuvo sintiendo mal —dije. Tomé la silla de ruedas con una mano y le di una bofetada a Brian con la otra. Luego lo tomé del codo y tironeé para acercarlo y poder susurrarle al oído—. Vete y déjame tranquila. En serio.

—No hasta que devuelvas la calavera —susurró él.

—Ahora estoy cuidando a la señora Leibowitz; no estoy pensando en la calavera.

—Tienes que cuidar de ti misma antes que de los demás. Eso quiere decir que debes devolver la calavera, para no terminar en la cárcel —susurró Brian, ya furioso.

Pero la señora Leibowitz interrumpió nuestra pelea.

—Me estoy sintiendo cansada otra vez, Tessa. Mejor llévame a casa. Brian, fue un placer conocerlo.

● ● ●

Finalmente, luego de hablar con el médico de la señora L, por sobre sus protestas, y de pasarle el consejo firme del médico de comprar sus remedios y tomarlos como corresponde, decidí salir del edificio por la puerta de servicio, ubicada en la parte de atrás. Asomé la cabeza y, al no ver a Brian, salí de puntillas y espié al llegar a la esquina. Lo vi de pie mirando la puerta principal. Me escabullí para que no me viera y luego comencé a caminar en dirección contraria.

10

La paradoja del perdón

Desde la casa de la señora Leibowitz, me dirigí a la iglesia. Tenía pensado hablar con el reverendo Pincek, que quizás me daría algo de perspectiva sobre las cosas. Ese chiflado de Brian me estaba perturbando un poco el alma.

Cúlpalo a Brian, claro; es un blanco fácil. No era que mi vida hubiera sido un desastre durante los últimos tres años, y que ahora estuviera en un momento en que había que tomar decisiones.

El coro estaba ensayando, y el reverendo cantaba con ellos. Tenía las mejillas rosadas, rebosantes de alegría. En efecto, todo su ser repiqueteaba con el jolgorio de la música y la veneración. Ocupaba su lugar en el mundo tan a la perfección, sabía tan bien quién era, que el mismo aire que lo rodeaba se equilibraba en una armonía superior. Era como si irradiara un acorde que llevaba todo lo que lo rodeaba hacia una bella resonancia.

Sentí un poco de envidia. Y de repente, me sentí sola. Hacía tres años, había tomado algunas decisiones terribles que hicieron que mi vida se derrumbara a mi alrededor, como un barco monstruoso que choca contra una montaña de hielo sumergida. Mi carrera en ciernes como pintora quedó en ruinas. Ninguna galería me querría tocar ni con un poste. Luego mi esposo me abandonó, y se llevó una parte esencial de mí con él. Yo no había podido pintar hasta esta semana.

¿Pero en verdad era culpa de David que, durante los últimos tres años, yo hubiera vivido en un conglomerado de tiempo psíquico congelado? ¿Que lo único que hubiera hecho todos estos meses era ir a trabajar, ver a Ofee y algunos otros amigos, y luego esconderme en mi apartamento, mirando repeticiones de series en Netflix?

Al terminar la canción, el reverendo vino hacia mí.

—Me encanta ese himno —dijo alegremente—. Me recuerda que no necesito organizar las cosas, que puedo descansar en Dios y confiar en Él.

—¿Confiar? ¿Y eso qué es? —bromeé. Me desplomé en el banco—. No puedo descansar cuando tengo que hacer que mi vida funcione. Tengo que pasar a la acción. A veces, sabe, es necesario hacer algo. Algo que uno nunca esperó hacer, algo osado y quizás incluso escandaloso. Pero entonces, ¿cómo saber si uno hizo lo correcto?

El reverendo Pincek me hizo un gesto para que lo siguiera. Atravesó la iglesia.

Yo iba detrás, pero los rayos del sol se filtraban por un *vitraux*, proyectando prismas de luz de arcoíris, y tuve una imagen: una pintura de la luz opalescente. Muy Turner, con una pizca del valle del río Hudson, pero sin el río.

-¿Me escuchaste, Tessa? -preguntaba el reverendo, con una mirada burlona-. Es una paradoja. Lao Tzu dijo: "Trabaja sin hacer".

Yo todavía estaba un poco maravillada por la luz.

-¿Y qué hay si uno hace algo sospechoso, pero para cuidar a una persona, o para lograr un bien mayor? ¿Y si, de todos modos, no es lo que aparenta ser, porque hay elementos ocultos en juego?

El reverendo recogió un cantoral de su escritorio.

-No tiene que ver con lo que se quiere lograr. Tiene que ver con una visión sentida de tu vida. Eres buena para eso, Tessa.

-No sé. No tengo una visión para mi vida. Improviso a medida que avanzo -murmuré, siguiéndolo hacia el coro que lo esperaba-. Luego me horrorizo a mí misma y voy demasiado lejos. Quizás ahí esté el problema. Ya tengo casi treinta y cinco años, y todavía sigo dando vueltas.

-No tiene que ver con la edad -afirmó el

reverendo con su tono amable–. Lo Divino siempre te acompaña. Como dice *Un curso de milagros:* "Ya no necesito ser el director del universo, y simplemente puedo descansar en la certeza de que «No necesito hacer nada» más que quedarme quieto y dejar que su perdón toque mi mente".

El coro nos envolvió al reverendo y a mí, y comenzó a cantar al unísono. El coro del Aleluya. El reverendo y yo intercambiamos una sonrisa.

–Me vendría bien el perdón –dije, más seriamente de lo que deseaba.

El reverendo, a pesar de su inagotable afabilidad, en verdad es una persona muy sensible. Por un momento, su rostro se derritió como una máscara de cera hasta adoptar una expresión de preocupación. Luego recuperó su expresión plácida.

–Tú no, Tessa; tú eres uno de nuestros ángeles. Y no tiene que ver con el pecado. Eso es una interpretación demasiado literal. El perdón es un concepto mucho más amplio. Tiene que ver con la completitud.

La secretaria del reverendo, Joan, salió de su oficina.

–Reverendo, ¡el rabino Schwartzbaum al teléfono, por la marcha por la paz!

–Voy –respondió. Se volvió hacia mí–. ¿Tessa, me necesitas?

–La señora Leibowitz está muy frágil. Su médico

dice que ya no da más por su edad. Quiere trasladarla a un geriátrico, pero ella se niega.

—Ay, ay, ay. Llamemos a sus hijos —dijo, frunciendo el ceño.

—No quiere preocuparlos. Fue categórica.

—Mm . . . Ya pensarás en algo, Tessa. Siempre se te ocurre qué hacer. Eres una bendición y una gran ayuda para nuestro programa de la tercera edad desde el día en que llegaste. ¿Qué haríamos sin ti? ¿Hace cuánto fue, cinco o seis años? Recién terminabas tus estudios de posgrado cuando empezaste. Valoramos mucho tu trabajo. Esperamos poder conservarte. Nuestros fondos son tan escasos.

—Ya se estaba marchando deprisa para tomar el teléfono inalámbrico que le extendía Joan.

Así de simple, renové mi decisión de que aparecería alguna bendición económica para el reverendo y sus programas tan valiosos. Pero no podía esperar a que un ser radiante entonara un himno y blandiera una varita mágica sobre la situación. Hasta que apareciera el ángel, me ocuparía yo.

Yo, llena de conflictos, cualquier cosa menos un ángel, pero todavía con algunos recursos bajo la manga.

Saqué mi celular y encontré el número que necesitaba.

El laboratorio de noche, o por la madriguera del conejo

Brian estaba *solo en el laboratorio, como siempre* estos días. Ahora tenía unos treinta y pico, y seguía vistiendo como estudiante universitario. Tenía la camisa manchada de sudor y mal abotonada, y el pelo descuidado. Miraba una máquina de aspecto extraño con expresión vulnerable. El aparato parecía una pérgola con una maraña de cables, como una mala madre con cientos de retoños, todos conectados a varias computadoras.

Era extraña pero de una belleza inconmensurable. Era su última esperanza.

Brian metió la mano en uno de los nodos de cables y lo siguió con la mano hasta una laptop más grande que las demás.

—Ojalá fueras una máquina del tiempo —dijo. Contuvo el aliento, preguntándose si el aparato le respondería.

"Afirmativo, Brian, te leo", casi esperaba escuchar. Pero solo le respondió el silencio. Sonrió con amargura.

–Si fueras una máquina del tiempo, podría regresar y cambiar las cosas, que es lo que en realidad quiero hacer. ¿Por qué no inventé eso?

Se escuchó un movimiento y el golpeteo de suelas de goma en el suelo. Rajiv entró al laboratorio y se apoyó contra la pared. También era mayor; tenía la misma edad que Brian. Le dirigió una mirada compasiva, la mirada de aceptación sin miramientos que intercambian dos viejos amigos que han compartido demasiadas cervezas, demasiados triunfos profesionales y percances, conquistas, bodas y funerales.

–El dispositivo salta lateralmente entre universos paralelos. No se puede cambiar el tiempo cronológico.

–Todavía –acotó Brian.

Rajiv sacudió la cabeza.

–Bri, amigo, tienes que aceptar las limitaciones del universo físico. Es asombroso que hayas llegado tan lejos. Asombroso y aterrador. Lo que has creado va más allá del orden de los universos de algún modo. Todo el universo recae en el *dharma*, ¿Y qué le haces al *dharma* con este dispositivo? ¿Me pregunto si en verdad va a funcionar?

–Solo hay una forma de averiguarlo –afirmó Brian. Tecleó algo en la computadora, luego saltó hacia la máquina y jaló de algunos interruptores. Todo el aparatejo se encendió. Brian gritó de la emoción, y se le erizó el vello de la nuca. Tocó un cuadrante y volvió a teclear.

Un zumbido suave, como el *Om* que entonan los monjes, invadió el laboratorio. La pérgola se iluminó con un resplandor azul, en anillos concéntricos, como las olas que se forman en una piscina.

–Dios mío, Brian –aulló Rajiv.

–Quizás pueda cambiar algo, de alguna manera –sugirió Brian. Cerró los ojos con una plegaria y luego se metió en el centro azul brillante de la pérgola.

–¡No vas a probarla contigo! –se opuso Rajiv–. ¡Brian!

12

Chuletas de cordero, plasma y felicidad

Ya había avanzado la tarde cuando finalmente llegué a la puerta de mi apartamento. Después de hablar con el reverendo, había hecho una llamada que nunca pensé que volvería a hacer. Así que así era; Dante tenía razón después de todo: el infierno en verdad está hecho de hielo.

Para reconfortarme, me dirigí a Pearl Paints, sobre Canal Street, y compré varios pomos de pinturas al óleo. Utrecht hace unos óleos excelentes, que es un placer usar, de textura mantecosa y color intenso, con olor a mezcla de químicos. Apoyé la bolsa de compras en el piso para revolver mi bandolera en busca de la llave.

Salía humo por debajo de la puerta.

Encontré la llave y logré meterla en la cerradura, pero la puerta no se abría. Presa del pánico, la golpeé con la cabeza. Fue un acto reflejo; no esperaba que eso la abriera.

Pero se abrió y allí estaba Brian, con un delantal de cocina. *Mi* delantal de cocina.

-Hola, querida -canturreó-. Estás de vuelta.

Por un momento, me quedé sin palabras, totalmente consternada.

-¿Quieres un trago, Tessa? -me preguntó-. Por tu aspecto, creo que te vendría bien.

Logré recuperarme lo suficiente como para pronunciar unas palabras.

-¿Qué . . . qué estás haciendo aquí? ¿Cómo hiciste para entrar?

-La puerta estaba sin llave -respondió Brian.

-No es cierto. -Intenté empujarlo para ver qué se estaba incendiando en mi casa. Tenía el cerebro en cortocircuito, pero pensé que podía apagar el fuego y luego lidiar con el problema del indigente lunático que se había metido a la fuerza en mi apartamento.

Brian me rodeó la cintura con el brazo para detenerme. Con la barbilla, señaló la puerta, que tenía pegado un papel que decía "AVISO DE DESALOJO". Sobre el documento, alguien había pintado un luminoso paisaje, pero las letras igual eran visibles.

-Qué pintura más bella -afirmó Brian-. Casi tan buena como tus dibujos anatómicos.

-Entraste a la fuerza en mi apartamento, ¿y

hablas de mis pinturas? -le pregunté, incrédula-. ¿Tú? ¿Un perfecto desconocido?

-Ya no somos desconocidos; me conociste hoy -dijo él en tono razonable-. ¿La pintaste hace poco? ¿Por eso dijiste que habías vuelto a pintar? En verdad es hermosa. Exquisita.

Eso me ablandó, porque no pude evitarlo. El arte era el camino hacia mi corazón.

-Gracias. Me gustó cómo usé el color y la composición de los árboles enmarcando el muro de piedra. -Miré a Brian furtivamente. En realidad no creía que fuera a asesinarme con un hacha. ¿Acaso un asesino serial apreciaría mi pintura?

No, a los asesinos seriales les gustarían las porquerías horripilantes que vendía Frances Gates.

Brian alzó el dedo índice y dijo con aire de profesor:

-Hay que tener en cuenta que esto no es un lienzo. Es un aviso de desalojo.

No tenía derecho a estar en mi cocina. Me desprendí del abrazo.

-¿Por qué hay tanto humo?

-Las chuletas de cordero se prendieron fuego. Embusteras grasosas.

Corrí hacia el horno y abrí la puerta de golpe. En el interior, chamuscados en mi sartén de hierro fundido, había unos trozos de carne ennegrecidos como el carbón.

—Les puedo sacar la parte achicharrada —sugirió Brian.

Allí estaban mis últimas chuletas congeladas, que estaba reservando para cuando estuviera muy, pero muy hambrienta y no soportara otro bocado de los bagels con queso crema que daban gratis en la iglesia.

—¡No! Sal de mi casa ahora mismo. ¡No tienes derecho a estar aquí! —grité, mientras apuñalaba el aire con el dedo. Una vocecita quejumbrosa muy en mi interior se preguntó si, de algún modo, yo lo habría alentado al no ser lo suficientemente firme más temprano. ¿Acaso habría sido extrañamente tolerante, y ahora el tipo pensaba que lo había invitado a mi casa?—. Brian, lo digo en serio. ¡Vete, y no me molestes más!

—Pero vine desde un mundo paralelo para verte, y solo tengo cinco días, cuatro horas y veintidós minutos, ni un segundo más, y la cuenta regresiva avanza. —Hizo un gesto para aplacarme con las manos, con las palmas hacia mí.

—No me importa de qué manicomio te escapaste. No te conozco. No te quiero en mi casa. Ahora. ¡Vete!

—No tengo adónde ir.

—Voy a llamar a la policía —decidí. Tomé el teléfono y marqué 9-1-1.

—Si llamas, les diré que te robaste una obra de Cliff Bucknell de la galería de Frances Gates.

Colgué el teléfono. Me volví para enfrentar a Brian. Los dos estábamos decididos. Podía sentir la tensión que nos separaba, como un bloque de mármol.

—¿De verdad crees que voy a dejar que te quedes aquí? ¿A un loco marginado y delincuente? Debería darte por la cabeza con esa sartén de hierro y arrastrarte hasta el parque, que es donde perteneces.

—Tú nunca harías algo así. —Me sonrió y sacudió la cabeza. No cedió en su postura—. Aquí eres un alma sensible que cuida de los demás; no tienes carácter. En mi mundo . . .

—¿*Mi mundo*? Solo hay un mundo, loco ridículo. ¡Uno solo!

—No, estás equivocada. Hay muchos universos. Mundos paralelos, una cantidad infinita, un mundo diferente para cada decisión. Vivimos en un multiverso de enormidad incomensurable.

—¿Y tú vienes de un universo diferente?

—Eso es lo que te vengo diciendo. En mi mundo, escuchas más.

—No me dedico a cuidar a los demás. Soy una

artista bloqueada, con ideales nobles de ayudar a la humanidad . . .

Brian emitió un sonido estrangulado. Me miró con absoluta incredulidad, como si le faltaran las palabras. Luego me aferró y me besó.

Al principio, me resistí, desde luego. Pero después, algo pasó. Algo dulce y cautivador, algo que me daba estremecimientos al sur del ombligo y al norte de las rótulas. Había pasado tanto tiempo desde que alguien me besara y, para un loco que vive en la calle con delirios de grandeza física, Brian besaba bien.

Y me besó y me besó y me besó.

Y me besó un poco más.

Y luego quedé deshecha, como una especie de charco de gelatina descongelada.

Brian alzó la cabeza.

—Artista bloqueada, noble, etcétera, etcétera . . . ¿Es eso lo que te dices a ti misma cuando te vas a dormir sola, una noche tras otra? ¿Cuándo fue la última vez que tuviste una cita? ¿Cuándo fue la última vez que un hombre te tuvo entre sus brazos y te besó hasta que se te subieran las pantaletas a las axilas y tu interior se convirtiera en plasma? ¿Cuándo fue la última vez que tu amante te sostuvo entre sus brazos, desnuda y transpirada, hasta que dejaras de gemir y gritar y te relajaras de felicidad?

–Mi vida sexual no es de tu incumbencia – respondí. Sonó como un lloriqueo y me hubiera enfadado conmigo misma, pero estaba azorada por la forma exquisita en la que Brian me había besado. En mi vida me habían besado con tanta autoridad. Me hacía verlo con ojos completamente diferentes. Aunque jamás lo confesaría.

–Tú no tienes vida sexual.

–Al menos no estoy loca. –Para sonar seria y segura de mí misma, agregué, aunque no lo sentía–: Suéltame.

–¿Te robaste una pieza de arte de un millón de dólares porque te parece fea y yo soy el que está loco? –Se rió entre dientes y luego me volvió a besar. Se llevó la palma de mi mano a los labios y la besó con suavidad, intensamente. Muy despacio, con pericia experta, pasó los labios y la lengua por mi muñeca.

Todas las terminaciones nerviosas de mi cuerpo se despertaron y cantaron una ópera.

–Tengo que ayudar al reverendo Pincek – murmuré. ¿Qué otra cosa podía decir? Era como si este desconocido conociera los secretos más recónditos de mi cuerpo.

—Dulce, pero tienes que devolverla. —Me desabrochó el primer botón y me besó en la clavícula y el hueco de la garganta. —Gemí a modo de respuesta—. Solo quiero complacerte —susurró.

—Hace tanto tiempo . . . ¡No pares! —Las palabras salieron de mí como catarata; no tenía control sobre lo que decía.

Brian se detuvo y me miró intensamente a los ojos.

—Tessa, amor, ¿estás segura?

En ese momento me hice cargo de lo que quería, y las palabras sobraban. Le devolví el beso.

13

Barolo y lunares que no están

Nos abrazamos debajo del cobertor. El cuerpo de Brian era ágil y fibroso, como lo habían prometido su velocidad y sus reflejos. Y si bien yo era la artista, el hombre hacía maravillas con las manos.

Y con la boca.

Era como si me hubiera hecho el amor miles de veces, y supiera exactamente dónde, cómo y cuándo acariciar, presionar y acelerar el ritmo.

Es cierto, así se sentía recibir lo que era mío. Es cierto, tengo un costado erótico. La señora Leibowitz tenía razón, todo lo que hacía falta era sexo.

Mi ex esposo nunca había logrado despertar una sensualidad tan exuberante en mí.

Me sentía como una gatita que se tomó toda la crema y me estiré gustosamente. Brian me observaba con una expresión inescrutable, aunque levemente divertida, en el rostro.

–¡Eres bueno en esto! –afirmé.

—Dame veinte minutos y te lo demostraré una vez más. Tal vez diez. —Me olisqueó el cuello.

Nos podíamos quedar toda la tarde en la cama . . . . Oh, un momento; no, no podíamos.

—Ay, tengo una reunión.

—¿Qué tipo de reunión?

—Con un hombre.

—¿Qué tipo de hombre? —Se incorporó y apoyó sobre el codo, y luego me acarició un pecho—. Mira, tienes una marca roja en el pecho. Donde mi Tessa tenía un lunar.

—Mi ex me hizo un comentario feo. Me hizo sentir mal y me lo saqué. Siempre tenía que estar perfecta para David.

—El santito de David, nuestro salvador —espetó Brian con tono amargo, con más ímpetu de lo que ameritaba la situación. Se levantó de la cama y se puso los jeans.

Me senté en la cama, preguntándome el motivo de tanto resentimiento y admirando su cuerpo atlético. Estaba bien formado, sin duda; tenía una belleza simétrica, proporciones perfectas y extremidades redondeadas que se unían al torso y a la pelvis como si las hubiera diseñado Policleto, el antiguo escultor griego. La piel de Brian tenía un tono cálido, como el lienzo, teñida de cierto rubor. Pensé en pintarlo. ¿Podría lograr que modelara para mí en los cinco días y cuatro horas que pasara aquí? Me volví a preguntar qué le había provocado el enojo. ¿El santito David? Sí, justo.

Pero cuando Brian se volvió a mirarme, se estaba subiendo el cierre del pantalón, y había recuperado la compostura.

—¿Quieres un poco de vino? Abrí una botella del aparador.

—No hay ninguna botella —empecé a decir, y luego recordé—. ¿Abriste la última botella de Barolo de mi boda?

—¿Y por qué no?

—La estaba guardando para una ocasión maravillosa, como cuando vendiera mi primera pintura.

Brian me escudriñó.

—¿Tienes todos esos maravillosos paisajes apilados en la sala, pero nunca vendiste una pintura?

Negué con la cabeza.

—¿Por qué no?

—Quizás porque nunca las mostré. —Volví a tirarme en la cama.

—¿Nunca jamás? —inquirió.

Volví a negar con la cabeza.

—¿Y por qué diablos no lo has hecho?

Con un gruñido, me tapé la cabeza con el cobertor.

—Bueno, vamos a celebrar que estamos vivos hoy. —Se encogió de hombros—. ¿Qué puede ser más maravilloso?

—Sabes a qué me refiero —protesté, destapándome—. Bueno, tomaré un vaso. Pero deja de revisar mis cosas.

Me sonrió y salió del dormitorio. Esperé que no viera mi bandolera en la cocina.

Miré a mi alrededor, como si viera mi dormitorio por primera vez: paredes blancas despojadas, con marcas donde alguna vez había habido cuadros, bibliotecas con espacios vacíos donde habían estado los libros de David, portarretratos boca abajo en los muebles. Era una sinfonía de deliberada negación.

Tal vez lo veía con otros ojos. Cuando mi incipiente carrera artística se derrumbó y David se fue, embalé mis paisajes y saqué todas las fotos, para no tener que seguir viendo mis fracasos. Mantenía la limpieza en la habitación, pero salvo eso, no le había dedicado un segundo.

Quizás era hora de volver a colgar algunos cuadros. Quizás incluso era hora de guardar algunas de las fotos.

Brian volvió a entrar, silbando, y me entregó una copa de vino.

—Tienes una mirada pícara —observé.

—¡*L'chaim*! —exclamó, levantando la copa.

—Por salvar el programa de la tercera edad.

—Tienes que . . .

—No me digas que devuelva la calavera —dije, paladeando el vino.

—Te la robaste.

—No es robo.

Él enarcó una ceja.

—¿Porque es fea?

Gruñí a modo de respuesta.

—Está asegurada. Cobrarán una suma enorme.

—Tessa, por favor. Frances va a llamar a la policía, y te van a meter presa. Sabe que te la robaste tú.

—No puede probarlo. Las cámaras de seguridad no funcionaban. Tú mismo lo dijiste —dije, con aire petulante.

—No funcionará.

—¿Y qué pasaría si en realidad hubiera sido mía siempre? —lo desafié—. ¿Y si pudiera demostrarlo?

—La tomaste de la galería. Tienes que devolverla.

—¡Esa galería representa todo lo que está mal con el mundo del arte contemporáneo, que impide el éxito a los verdaderos artistas, los buenos artistas! —exclamé, apasionadamente—. ¡Esa galería debería incendiarse hasta los cimientos, sería un servicio a la humanidad!

—Eso no te da derecho a llevarte la calavera —dijo

Brian, mientras caminaba hasta la cómoda—. ¿Por qué todas las fotos de David están boca abajo?

Escondí la cabeza debajo de la almohada una vez más. No podía explicarlo, del mismo modo que no podía explicar mi forma de reaccionar ante Brian, que subía y bajaba como una montaña rusa. O quizás podía explicarlo, pero no quería, porque entonces tendría que enfrentar cosas de mí misma que prefería negar.

Tenía que encontrarme a mí misma. Por primera vez en mucho tiempo, me volvía a sentir viva. Era como la sensación de hormigueo y pinchazos que se siente cuando vuelve la circulación al pie adormecido después de haber estado sentada sobre él por un largo rato: dolorosa e incómoda, que obliga a andar dando saltitos espásticos.

Quizás me había anestesiado a mí misma por alguna razón.

—Míralo intentándolo demasiado, con esos rasgos cincelados. Es demasiado perfecto. Creo que es más atractivo alguien apuesto de un modo desenfadado, un poco nerd pero que, asintóticamente, no llega a serlo. ¿No crees? —Brian se puso en pose de Señor Universo, hombre musculoso.

—Cualquier persona que use la palabra "asintóticamente" es, por definición, un nerd. Ni siquiera sé qué significa.

Brian levantó el dedo, con su pose de conferencista.

–Una asíntota es una línea que se acerca a una curva, pero que nunca la toca.

–No hablo la jerga de los científicos. No cursé ciencias en Columbia.

–En mi universo, sí lo hiciste, en Yale –afirmó él, con expresión y tono más suaves.

–Fui a Columbia para estar con David. Me aceptaron en Yale, pero no fui. Sabía que eso sería el fin de nuestra relación. –Me senté en la cama y acomodé las sábanas. Deseé que Brian dejara todo ese misticismo del universo alternativo. No estaba segura de qué lo había acercado a mí, pero le daría una oportunidad. Más que una oportunidad. Lo había dejado entrar a mi cama, que era algo que nunca había tomado a la ligera.

Para citar a la señora Leibowitz: "¡Iupiiii!".

Me esforcé por recobrar un atisbo de control sobre mi vida. Quizás si averiguara más acerca de Brian, si lograra penetrar su efusiva vida de fantasía.

–Si en nuestro mítico mundo estamos casados, ¿cómo es que conoces a David? –pregunté–. Él no estaría en mi vida si yo hubiera ido a Yale y estuviera contigo.

Brian había caminado hasta la ventana, desde donde contemplaba el patio.

—El tipo con el que te vas a encontrar, ¿tiene algo que ver con la calavera?

Pero no logró distraerme. Todavía quedaban muchas preguntas por responder.

—Si conoces a Ofee, debes de saber de dónde viene el apodo.

Brian me miró por sobre el hombro y dibujó una línea sobre su frente.

—Una maldita ceja.*

—¿Bard Rubin tendría el mismo sobrenombre en un mundo paralelo? —me pregunté en voz alta—. Mm . . . Claro que esa información está en Facebook.

Brian se acercó al pie de la cama y me clavó lo que claramente era la mirada inquisidora de un profesor de física.

—Los dibujos anatómicos tienen mucha emoción. ¿Por qué no los vendes en lugar de vender una pieza de arte robada? O tus paisajes. Vi todos los lienzos que tienes en la sala y en el clóset. Son extraordinarios. No deberían estar escondidos.

—¿Estuviste mirando mis pinturas?

—Para conocerte mejor. —Brian me pellizcó el dedo gordo, que se asomaba por debajo del cobertor—. A tu versión aquí, en este universo.

*En inglés: "One Fucking Eyebrow", de allí las iniciales. (N. de la T.)

–Sí, este universo, el otro universo. ¿Cómo llegaste a este universo? –le pregunté con dulzura.

–Construí un dispositivo de decoherenciación. Fue genial, en verdad. Se me ocurrió la idea cuando tenía diez años, mirando un episodio de *Viaje a las estrellas*. Llené todo un cuaderno con mis ideas. Seguí anotándolas, en un cuaderno tras otro. Para cuando cumplí los treinta, tenía cien cuadernos de ideas.

Me invadió la frustración. Me levanté de un salto y me puse unos jeans. ¿En qué estaba pensando al acostarme con ese loco de atar? ¿Por qué no era sincero conmigo? ¿Por qué se inventaba esa historia tan rebuscada? ¿Qué me pasaba que tenía ese karma tan negativo con los hombres?

–Genial, ahora debo irme.

–A la reunión. Claro. ¿Con un tipo para venderle la calavera? ¿Cómo conoces a un cretino así?

–Lo conocí por un profesor.

–No te veo haciendo eso, a ti, la artista puritana.

–No soy puritana –le dije, indignada–. ¡Soy una idealista!

Brian me abrazó apenas y me besó el hombro.

–Los idealistas no roban.

–No es robo –insistí–. Y tengo que ayudar al reverendo Pincek.

–Tienes que ayudarte a ti misma, Tessa. Me

olvidé de decirte: tu encargado pasó antes de que llegaras.

Logré desprenderme del abrazo de Brian.

—¿Antes o después de revisar mis pertenencias?

—Le pareció hermosa tu pintura en la puerta, pero te van a desalojar del apartamento.

—Creo que me voy a tomar otra copa de vino —decidí.

—No sé cómo pueden hacer eso. Quizás porque es una cooperativa. No eres dueña del apartamento en sí, sino que tienes acciones de una sociedad.

—¡Eso es! ¡Acciones en una sociedad! Eso es exactamente lo que necesito. Entonces podré venderlas y mudarme a Florencia, para pintar la Cúpula. Y podré tomar más clases de pintura de figura humana en la Academia de Florencia.

Brian me tomó la cabeza con las manos y me obligó a devolverle la mirada. La suya estaba seria y más cuerda de lo que podía esperarse, teniendo en cuenta sus delirios.

—Tessa, concéntrate. Las fantasías no sirven. Necesitas una estrategia. Debes años de expensas.

—Tengo una estrategia —respondí—. Vender la abominable obra de Cliff Bucknell.

—Entonces estás jodida. Porque no puedo permitir que lo hagas —susurró Brian en tono decidido.

14

Central Park es donde nadan las ballenas

Caminaba a grandes pasos, decidida, aferrando la bandolera contra el pecho. Brian trotaba a mi lado, tratando de mantener el ritmo. Yo me negaba a mirarlo.

A nuestro alrededor, Central Park bullía con la muchedumbre habitual: paseadores de perros, adolescentes, corredores, madres y niñeras con carritos de bebé, ciclistas con toda la vestimenta técnica y la actitud, turistas y peatones y papamoscas y buscapleitos. El día daba paso a la noche, pero las masas coloridas no cesaban, cambiaban y se reformaban, como un caleidoscopio viviente.

—Ahora tengo que venderla. ¿No lo entiendes? He llegado hasta aquí. Tengo una visión de ayudar al reverendo Pincek. No puedo echarme atrás.

—Todavía estás a tiempo de hacer lo correcto –afirmó Brian, con tesón–. Tú no eres así.

Miré a Brian y pensé en confesarle todo. Había

una historia detrás y, si la supiera, quizás viera las cosas de otro modo. Su corazón estaba en el lugar indicado, aunque hubiera perdido la cabeza.

Pero me distraje, preguntándome: "¿Qué dice de mí el que me haya acostado con este loco?" Nada bueno. Otro de mis errores, debilidades, falencias y metidas de pata. Eran tantas.

Pero no era el momento de autoflagelarme. Tampoco quería que Brian se expusiera al riesgo.

-El tipo con el que me voy a encontrar es peligroso. De verdad; es peligroso en serio. No deberías estar aquí. ¿Por qué no te teletransportas para volver a donde sea que pertenezcas?

-¿Ves *Viaje a las estrellas* en este mundo? -quiso saber Brian.

-¿El capitán Kirk es una de las voces en tu cabeza? -pregunté, con expresión compasiva-. Ah, ahí está Rat Rock. -Señalé un afloramiento rocoso enmarcado en el cielo azul. Un hombre alto de aspecto europeo venido a menos, de aire siniestro, fumaba un cigarrillo apoyado contra la roca.

Pero no me centré en Guy, como debía haber hecho. En cambio, tuve una visión: *Rat Rock en la pintura de un paisaje, con sombras rugosas de gris contra el cielo celeste y el parque verde.*

Pinturas. No estábamos lejos del Met.

-¡Ey, después de aquí, vamos al Met! -sugerí-.

Hay una exposición de Rafael. El uso que hace del color y la perspectiva es increíble. Te hará estremecerte hasta lo profundo de tu alma.

–Rafael. Qué gracioso –dijo Brian, y se rió una vez, lo que sonó como un ladrido–. Estoy acostumbrado a escucharte elogiar a Pablo Cassals.

Lo había oído nombrar.

–¿No es ese al que le preguntaron por qué practicaba el violonchelo tres horas al día a los noventa y tres años, y respondió: "Estoy empezando a ver alguna mejora"?

Brian asintió y apartó la mirada casi demasiado deprisa como para que pudiera ver la expresión dolorida de su rostro. No hice comentarios, porque me resultó evidente que no quería que yo viera esa repentina y dolorosa expresión de tristeza.

Además, alguien me llamó. Me sentí un poco mareada.

–Es él. El tipo, Guy.

–¿El tipo Guy?*

–Así se llama: Guy. –Abrí mi bolsa. ¿*Qué*? El estómago me dio un vuelco y hurgué en la bolsa, poniéndome más histérica con cada segundo que pasaba–. ¿Dónde está? ¿Por qué no está aquí?

---

*Juego de palabras entre la palabra "guy" (tipo) y el nombre de la persona (Guy), que confunde a Brian. (N. de la T.)

—Yo la saqué —dijo Brian, orgulloso—. Quiero que la devuelvas.

—¡Brian! ¡Este tipo es peligroso en serio! —jadeé.

Pero Brian se había acercado a Guy y le hablaba con el dedo en alto:

—No debería fumar, señor. ¿Sabe que es la principal causa de muerte prematura?

Guy sonrió y exhaló una nube púrpura de humo en la cara de Brian.

—No en mi rubro de trabajo. —Guy abrió un poco su chaqueta de cuero para que Brian pudiera ver la navaja de resorte que llevaba en el cinturón.

Sí, era Guy, sin duda. El mismo acento de orígenes inciertos: ¿sería ruso, checheno, albano? ¿O de Dakota del Norte? —Le hice una seña—. Hola, Guy, así que acá estamos.

—Tessa Barnum —dijo Guy, mientras el rostro se le retorcía por la codicia—. Nos volvemos a ver. El infierno debe de estar congelado. Los antiguos razonaron de este modo: como ocurre en la naturaleza, también debe ocurrir en el arte. Por lo tanto, el frío del Infierno se resuelve en el dinero frío y duro.

—Je, je —dije en tono despreocupado—. Ya conoces mi tendencia al drama.

Chupó tan fuerte el cigarrillo que me imaginé los alvéolos de sus pulmones ennegreciéndose y achicharrándose. Esa imagen me dio una oleada de placer.

"Un gusto verte –dije, con una sonrisa genuina porque se debía a su inminente cáncer de pulmón.

–Me sorprendió recibir tu mensaje. Fue solo la cuarta vez que me sorprendieron en mi vida. El número cuatro es un número clave: cuatro son los puntos cardinales, los vientos principales, las estaciones; cuatro es la cantidad que compone el tetraedro de fuego en el Timeo; y el nombre Adán está compuesto por cuatro letras.

–Sí, eh. Yo misma me sorprendí.

–¿Se *vuelven* a ver? –exigió saber Brian–. Tessa, ¿cuántas veces has hecho esto? ¿Habías robado antes?

–Cliff Bucknell, un producto excelente, siempre hay un mercado para él. Tal es la lucha dramática entre la belleza de la provocación y la belleza del consumo –afirmó Guy.

–No es belleza –protesté duramente.

Guy se encogió de hombros.

–Muéstrame.

–El problema es . . . –comencé a decir, nerviosa.

–¡El problema es que la tiene que devolver! – exclamó Brian.

Diablos, ¿acaso no entendía lo que pasaba? Tomé a Brian del brazo y lo arrastré a unos metros, haciéndole un gesto a Guy para que nos disculpara.

"Tessa, ¿acaso te volviste loca? –preguntó Brian–. ¿Cuál es tu historia con este ganso?

–¡Shhh! –chisté–. Baja la voz. Es . . . es por un profesor que tenía. Escúchame, Brian. De verdad, por una vez escúchame. Guy es peligroso. Le cortó los pulgares a alguien que le arruinó un negocio.

–Dios mío, Tessa . . .

–Esta reunión no es un encuentro de niñas exploradoras, ¿de acuerdo? El arte tiene un costado desagradable. Hay muchos a quienes no les importa el origen de una obra de arte, si la quieren. Pagan mucho, no sabes cuánto, por tener lo que quieren. Por eso, hay todo un bajo mundo en el negocio del arte, muy próspero.

–En mi mundo tú no te meterías en nada como esto. –Brian estaba claramente perturbado, y se pasó las manos por la cara.

–Por supuesto, se roban piezas de arte, a pedido, para la reventa o para exigir un rescate. Hay fraude y falsificación y tráfico de obras de arte. Saqueos. Es el costado sumamente nefasto del negocio de la belleza artística. –Quería que comprendiera; no podía tratar a Guy con displicencia.

–Esta no eres tú; tú no eres así.

–En tu mundo, debo de ser una especie de monja pacata incapaz de hacer lo que se debe.

Brian se puso tieso y me fulminó con la mirada.

–Eres mi esposa, la mujer más maravillosa y la mejor amiga y música que puede haber. Eres fuerte y maravillosa.

Pero ya era suficiente. No quería seguir siendo partícipe de sus alucinaciones, aunque fuera el amante más considerado que me hubiera llevado a la cama. Tampoco era que tuviera demasiado con qué compararlo, porque me había casado muy joven, pero igual. Busqué en mi interior para encontrar esa mezcla de paciencia y firmeza, como muchas veces hacía en el trabajo.

–Mira, hasta ahora te he seguido la corriente.

–¿Me has seguido la corriente? ¿A eso llamas lo que hicimos? Sabía que debíamos haberlo hecho enseguida. La decoherenciación me hizo más lento. ¡Diablos!

Sentí que las mejillas se me ponían de color escarlata.

–Pareces inofensivo, a pesar de tus delirios y fantasías. Pero esto es real. Y hay un costado de ti que no logro entender. Así que, por favor, te pido que te calles y me dejes solucionar esto, para poder conservar mis pulgares y volver a pintar. – Volví a marchar hacia Guy, preparándome para una conversación que iba a ser difícil. Podía sentir los ojos tristes de Brian en la espalda.

Como una virgen

Brian estaba sentado en el piso de la habitación del dormitorio universitario de Tessa en Branford College. Tenía una habitación individual diminuta, que parecía empapelada y alfombrada con partituras. El violonchelo apoyado contra el escritorio contrastaba con el estéreo, del que brotaba *Como una virgen*, de Madonna.

-Se debería permitir "isotópico"; es una verdadera palabra -masculló Brian, mirando a Tessa por encima del tablero de Scrabble.

-No en el diccionario del Scrabble -afirmó Tessa, sacudiendo el dedo-. ¡Conoces las reglas! ¡Bebe!

-El diccionario del Scrabble está desactualizado, es discriminatorio con la terminología científica y está totalmente equivocado -afirmó Brian, mientras buscaba una lata llena en la pila de latas de Pabst Blue Ribbon desparramadas por el suelo. Sus dedos atontados aferraron una lata. La abrió y luego se la bajó de un trago. Emitió un eructo interminable, que sonó como el mugido de una vaca.

Tessa se desplomó al suelo, presa de las carcajadas.

—Vas a ganar solo porque ya no puedo deletrear —afirmó Brian.

—Voy a ganar porque juego mejor.

—En tus sueños —retrucó Brian.

—Es verdad, me saqué 800 en el examen SAT de Inglés.

—Engreída —dijo Brian desdeñosamente. Luego le dirigió una mirada seria y pensativa—. ¿Qué le dijo el imán macho al imán hembra? De atrás, te encuentro repulsiva. Sin embargo, al verte de frente, me atraes bastante.

—¿No te gustan mis posteriores? —Tessa se puso de pie de un salto, se dio vuelta y sacudió el trasero frente a Brian. En ese momento, se hizo un momento de silencio, hasta que del estéreo comenzaron a brotar los acordes de *Justifica mi amor*.

—¡Con esta canción tuve sexo por primera vez! —exclamó Tessa, meneando las caderas. Bailaba con movimientos rítmicos, seductores, mientras cantaba la letra de la canción de Madonna, sin apartar en ningún momento la mirada de los ojos de Brian.

–Dijiste que podíamos ser solo amigos, pero no hace falta un doctorado para saber que esa música no favorece la amistad.

–*Don't want to be your sister, either, I just wanna be your lover* –cantó Tessa en tono ronco. Luego, se pasó la lengua por los labios.

Brian la tomó de los tobillos. Ella cayó al suelo, riendo. Brian la hizo rodar hasta quedar de espaldas y se puso encima de ella.

–¿De qué pobre tonto te aprovechaste al ritmo de esta canción?

–La pasó genial –afirmó Tessa, abrazándolo.

–Apuesto a que sí –dijo Brian. Presionó los labios contra los de ella, en un beso suave y fugaz.

–Era el tutor de matemática de mi hermano. Tenía veintitrés años; yo, dieciséis. Nunca se lo dije a nadie, ni siquiera a David. Bésame otra vez, profe.

Pero Brian esperó.

–¿Y qué hay de David, el Señor Perfectito que te espera en casa? No quiero compartirte con él.

–Eso ya terminó –dijo Tessa–. Quiere una chica que estudie con él. Además, ya se estaba poniendo aburrido. –Fingió un bostezo y puso los ojos en blanco.

–Mejor así –respondió Brian–. Para que sepas;

voy a contarles a todos lo que estamos a punto de hacer. Dos veces.

Tessa rió.

—Pero qué poco caballero.

—Soy un caballero, porque pienso casarme contigo también —afirmó Brian, y luego la besó de verdad, porque hablaba en serio.

16

Los picnics: una dulce melancolía

La fealdad que nos repele en la naturaleza existe, pero se vuelve aceptable y hasta placentera en el arte que expresa y muestra de manera bella la fealdad de lo feo -decía Guy-. Quiero esa calavera. -Pasó junto a Brian, soplándole humo negro en la cara con actitud desdeñosa.

-No estoy de acuerdo con la fealdad de lo feo -dije, pero fingiendo mi tono más empalagoso-. Mañana a la tarde -le grité a Guy, que ya estaba marchándose.

Sin entusiasmo, Brian miraba a tres adolescentes que escalaban Rat Rock, alentándose unos a otros.

-Los escaladores se divierten tanto juntos. Es un deporte de camaradería. Siempre quise practicarlo -dijo.

-Tienes que devolverme la calavera antes de mañana -le dije.

—Pero nunca aprendí. No tenía tiempo, y siempre había otras prioridades. Pero me alegro de haber pasado el tiempo como lo hice. No cambiaría nada.

—¡Brian, concéntrate! —espeté—. Necesito la calavera. ¡En serio!

Me dirigió una leve sonrisa, y era como si su *ginger ale* interno hubiera perdido casi toda la efervescencia. Pero al verme, se le iluminó la mirada.

—Ya sé. Busquemos comida y hagamos un picnic, como la gente de tu dibujo.

Yo resoplé.

—¡No están haciendo un picnic!

• • •

Pero un rato más tarde, nosotros sí estábamos haciendo un picnic. Nos sentamos en un banco ubicado junto a la senda para bicicletas de la cuenca para embarcaciones del río Hudson, no muy lejos de donde habíamos paseado con la señora Leibowitz. Estaba anocheciendo y el sol caía sobre el río, reflejando destellos rojos, anaranjados y rosados. El horizonte multicolor de Nueva Jersey se recortaba del otro lado del río, con altos edificios cuyas ventanas iluminadas le guiñaban el ojo a Manhattan.

Pronto me vi inmersa en la idea de representar toda esa vista en una pintura. Quitaría el aliento;

hasta le podría dar un tono melancólico muy al estilo Goya; sería bella y evocadora de un modo al que no podría aspirar ninguna obra de la galería de Frances Gates. ¿Qué pasaba con el arte contemporáneo que se había perdido el mismísimo principio de la belleza? ¿Que ahora la fealdad ocupaba el trono? ¿Que el arte se había encerrado tanto en la expresividad individual que solo el artista que había creado la obra entendía su significado?

¿Acaso nadie se daba cuenta de que se estaba estafando a sí mismo al aceptar semejante basura como arte?

–¿Sabes qué es extraño? –decía Brian.

–¿Extraño? –Yo sabía perfectamente lo que era extraño–. Lo extraño es que Cliff Bucknell gane millones por esta basura. Lo extraño es que alguien haya aportado fondos alguna vez para la Virgen de estiércol. Annie Sprinkle, por Dios. La basura que pasa por arte en la exposición bienal de Whitney, ¡eso es extraño! –De algún modo había logrado ponerme de pie y aferraba con fuerza los brazos de Brian.

–Abajo, chica. Vaya, saltas con facilidad con este tema del arte. Me refería a extraño en términos de mundos paralelos. –Brian me separó los dedos y me hizo sentar nuevamente a su lado en el banco.

–Ah, eso. Nada es extraño. No es para nada

extraño que tú te aparezcas como un virus resistente y digas venir de un mundo paralelo. No es extraño, para nada.

-Je, je -Brian me dirigió una mirada irónica ladeada-. Lo que es extraño son las diferencias entre este y el mundo de donde vengo. Algunas son minúsculas. Otras, enormes. Pero sigues siendo Tessa, mi esposa. Lo eres y, al mismo tiempo, no lo eres. Es una paradoja.

-Tú no eres mi esposo.

Brian estiró la mano y me tomó la mano con ternura.

-Créeme; sé cosas sobre ti. Perdiste tu virginidad con el tutor de matemática de tu hermano. Tú tenías dieciséis; él tenía veintitrés. Tú lo sedujiste en la sala de música cuando tus padres llevaron a tu hermano a jugar al fútbol.

-Traté de seducirlo, pero él dijo que no -murmuré.

En mi mente se abrió una pantalla dividida. En una mitad, en el universo alternativo imaginario de Brian, yo tenía otra vez dieciséis años, piernas y brazos flacuchos y una boca grande recién liberada de los frenos. Besaba apasionadamente al tutor de matemáticas. Aún podía ver lo bueno que estaba él: fornido, con cabello oscuro y rasgos delineados que eran más apropiados para un actor de cine que para un genio de las matemáticas. Luego le desabotoné la camisa y por poco . . . por poco . . . casi pude sentir el delicioso triunfo del momento.

En la otra pantalla de mi mente, en el mundo real tal como yo lo conocí, recordé que rodeé los hombros del chico con los brazos. Él giró la cara, me dijo que yo era demasiado joven e inocente, y que me detuviera porque no sabía lo que estaba haciendo. Nunca me sentí tan vulnerable.

No mucho después, David hizo una fiesta. Sus padres no estaban en la ciudad, y me las arreglé para encerrarme con él en un clóset y salirme con la mía. Después de eso, estuvimos juntos más o menos desde siempre . . . Hasta hacía tres años.

—Pero no hubo rechazo en mi mundo, Lolita — observó Brian. Me miraba atentamente; debió de haber visto las emociones que pasaban por mi cara.

Sacudí la cabeza y sonreí.

—Mi mamá estaba arriba, en la cama, porque estaba enferma. Me sentí tan humillada. Pero nadie lo sabe, ni siquiera Ofee.

Brian se llevó mi mano a los labios y me besó la palma.

—Te encanta el vino tinto, pero eres alérgica. A veces tienes una reacción a la histamina. Mira. —Me soltó la mano y me dio una fotografía doblada.

Con cautela, la abrí. Allí estaba yo, sonriéndome, radiante en un vestido de novia blanco con un velo vaporoso que flotaba a mi alrededor como un aura blanca. De un lado estaba Ofee y del otro, Brian. Ambos llevaban esmoquin.

—Está trucada con Photoshop —afirmé, aunque un escalofrío me recorrió la espalda—. Ofee nunca usaría esmoquin, en ningún universo.

—¡El día más feliz de mi vida! —dijo Brian.

—¿Necesitas medicación? Este es un trabajo de acosador realmente convincente. —Le extendí la foto para que la tomara.

Brian la observó. Cuando volvió a mirarme, sus ojos estaban efervescentes.

—Volvamos a tu apartamento. Uno de tus dibujos era de personas teniendo sexo.

—¡Ninguno de mis dibujos representa personas teniendo sexo! Y nosotros tampoco lo haremos. De ahora en más, nuestra relación será estrictamente platónica.

Pero no era una promesa que iba a poder cumplir al llegar al apartamento. Brian me besó de esa manera inescrutablemente irresistible que me quitaba el sano juicio, y endilgué mi falta de voluntad al vino tinto y a la reacción a la histamina.

17

Nueve de espadas

A la mañana siguiente, dejé una nota para Brian de su lado de la cama, donde aún dormía profundamente. La nota rezaba:

"Gracias por todo; eres increíble. Por favor, vete. PD: Te dejé el último yogurt de la heladera para que desayunes. Deja mi calavera en la mesa de la cocina".

Estaba en mi oficina, ayudando al señor Jenkins a descifrar cómo funcionaba el amplificador para el teléfono cuando oí una cacofonía de voces en la iglesia. Tuve una sensación que, al asomarme hacia la iglesia, pude confirmar: en la nave estaba Brian haciendo magia frente a una multitud. Era torpe y obvio, y narraba sus trucos ineptos con alegre labia, haciendo caso omiso de la obviedad. No pude evitar proferir un gruñido. Cerré la puerta de mi oficina de un portazo.

—¿Eh? —gritó el señor Jenkins.

—Nada, nada, señor Jenkins —le dije, haciéndole un gesto de silencio. Me tomé un momento para pensar bien. ¿Qué hacer, qué hacer?

Luego tomé mi teléfono celular. Todavía funcionaba, aunque no sabía por cuánto tiempo más. Mi factura del celular estaba un poco añeja. Asomé por una grieta de la puerta y esperé a que mi mejor amigo contestara el teléfono, del otro lado del mundo.

—Tessy, querida, ¿eres tú? —dijo Ofee, arrastrando las palabras.

—¡Ofee, te extraño! —grité.

—Yo también, Tessy, pero solo tengo un minuto. En este momento estoy en la postura de Escorpión, mostrándosela a mis alumnos.

Tuve una imagen de Ofee, con su única ceja y todo, retorciéndose como un pretzel mientras me hablaba por teléfono. De fondo, unos bellos tailandeses servían comida y bebidas a los espectadores fascinados.

—Bueno, cariño. Una pregunta: ¿sigues dando clases privadas a la esposa del decano de Columbia? ¿Has escuchado hablar de un tipo llamado Brian Tennyson?

—¿Bryan cuánto? Ah, espera, sí. El físico. También escribe libros —dijo Ofee. El timbre de su voz cambió, y me imaginé que estaría cambiando de postura.

—¿En qué postura estás? —pregunté—. ¿Quieres decir que es un profesor de verdad?

—Cuervo —respondió Ofee, y luego subió el tono de voz, para hablarle a alguien del otro lado de la línea—. Muy bueno, Martin, ¿cómo llamas a esa postura? ¿El guerrero dormido con piña colada? Respira. —Su voz se hizo más suave—. Tessy, oí algunos rumores. El tipo se volvió loco; perdió contacto con la realidad. Lo tuvieron que internar. Un gran escándalo.

Eso tenía sentido. Abrí la puerta un poco más para ver qué pasaba.

Brian estaba tratando de sacarle una moneda de veinticinco centavos a la señora Simon de la oreja, mientras hacía un truco de naipes a alguien del coro. Le tiró de la peluca a la anciana, que le quedó ladeada.

Proferí un gritito.

—¡Me tengo que ir! ¡Te quiero! —Arrojé el celular y salí a toda prisa hacia Brian.

—A ver, Ojos Azules, elige una carta —decía Brian, extendiendo un mazo de naipes como un abanico y ofreciéndoselo a una cantante del coro, que obedeció.

—Que alguien me ayude; no veo nada por el pelo —protestó la señora Simon.

La cantante del coro volvió a poner la carta en el mazo.

Brian tomó la peluca de la señora Simon y la

enderezó. Dejó la mitad del mazo, guardó la otra mitad y, con aire triunfal, se quedó con una sola carta, que le mostró a la cantante.

—¡Y he aquí: el nueve de espadas!

—Yo saqué el tres de diamantes —protestó la cantante del coro, con sus ojos azules.

—Estoy seguro de que era el nueve de espadas —insistió Brian.

—El tres de . . .

—Brian, es hora del almuerzo —intervine, metiéndome en medio del grupo—. Vamos.

—Tessa, te eché de menos esta mañana. El vino de anoche me dejó reventado. —Hundió la cara en mi cuello y me besó.

Traté de apartarlo y llevármelo, pero se volvió a la cantante del coro y continuó alegremente con la discusión.

Como era de esperar, el reverendo Pincek eligió ese exacto momento para llegar y unirse al grupo.

—Tessa, no sabía que tenías novio.

—No es mi novio.

—Bueno, parece muy agradable —afirmó el reverendo—. Quizás pueda entretener a los chicos en nuestro evento del sábado. ¿Estaría dispuesto a trabajar gratis?

—Solo se quedará unos días en la ciudad —dije,

apresuradamente, para disuadirlo de una idea tan desastrosa.

Pero Brian de repente intervino.´

—Me quedo hasta el sábado a la tarde. Me encantan los chicos. Siempre quise tener hijos. —Sonrió y estrechó la mano del reverendo—. Soy el doctor Brian Tennyson. Encantado de conocerlo.

El reverendo Pincek le dio una palmada en el hombro, en un gesto de aprobación.

—Henry Ward Beecher dijo "Los niños son las manos que nos permiten tocar el Cielo". Usted es un joven muy agradable, doctor Tennyson. Estoy seguro de que tendrá hijos algún día.

La cantante del coro de ojos azules volvió a entablar el debate con Brian, y el reverendo se volvió hacia mí. En el tono más bajo que pudo adoptar, que no era demasiado bajo, me dijo:

—¿Escuchaste eso, Tessa? Es agradable y es doctor.

—No es ese tipo de doctor.

Joan, la secretaria, llegó hasta nosotros con una pila de papeles, lo que me ahorró tener que dar una explicación que solo podía arrojar serias sospechas sobre mi propio carácter. ¿Qué diablos hacía yo acostándome con un loco de atar?

¿Qué diablos estaba haciendo de mi vida?

La única pregunta que no me hice, y que probablemente debería, era qué diablos iba a hacer con la calavera de Bucknell.

—Dale Brian, vamos. —Lo tomé del brazo con firmeza y tironeé para sacarlo de allí—. La trajiste, ¿no? Tengo que encontrarme con Guy.

Brian abrió la boca para decir algo, pero el reverendo nos interceptó en la puerta.

—Tessa, voy a tener que pedirte que vengas por menos tiempo. Encontramos una filtración en un caño. Nuestros fondos . . .

Negué con la cabeza.

—No me puedo ir, reverendo. Hay gente que depende de mí. Cuando pueda, me paga.

—En este momento no tenemos casi dinero —murmuró el reverendo—. No quiero aprovecharme. Sabes que queremos pagarte.

—Pronto alguien hará una donación —prometí.

—No lo creo —afirmó Brian, con una sonrisa compungida.

—Yo sí —afirmé y le di un fuerte pisotón.

—Sin duda estamos rezando por que así sea —agregó el reverendo Pincek.

—Mientras esperamos una respuesta a nuestras plegarias, dígame, reverendo, ¿van a cobrar por el baile para la tercera edad? —quiso saber Brian.

Me pasó el brazo por sobre el hombro con casual familiaridad, como si estuviéramos casados hace diez años-. Ya sabe, para recaudar dinero.

El reverendo y yo intercambiamos una mirada significativa.

-La mayoría de las personas que vienen al programa de asistencia para la tercera edad tiene ingresos fijos; se mantiene por la seguridad social.

El reverendo se rascó la barbilla.

-Es una buena idea, Brian, pero no queremos empeorar su situación económica. Las nuevas leyes de atención médica han presionado el presupuesto de nuestros mayores hasta un punto límite.

-Algunos incluso dejan de comprar sus remedios por las nuevas cargas económicas -agregué-. El gobierno promulgó una ley y no se preocupó por cuántas personas de carne y hueso podrían afrontar el costo. -Parte del dinero que ganaba en la iglesia lo había gastado en los costosos medicamentos que necesitaba el señor James-. Fue el triunfo de la filosofía por sobre la humanidad -acoté-. Desde luego, las compañías de seguros médicos se hacen cada vez más ricas.

-No quiero otro de tus sermones -afirmó Brian, levantando la mano en un gesto decidido. Pensó por un momento-. Cóbreles a quienes no son ancianos.

Que sea un baile para todos, un evento familiar. Podemos invitar a los adolescentes, a los niños. Que paguen todos los menores de sesenta y cinco. Tal vez no venga mucha gente, pero bueno; yo llevaría a mi abuelita a un baile por una hora para complacerla. Y si hay comida . . .

Debo admitirlo, el reverendo y yo nos quedamos boquiabiertos. A ninguno se nos había ocurrido una idea tan radical.

—Deberíamos promocionarlo muy rápido —dije lentamente.

—Tiene que haber una lista de correo electrónico para la congregación —sugirió Brian.

—Podemos postearlo en nuestro sitio web —canturreó el reverendo.

—Podemos poner un letrero en la puerta —proseguí con entusiasmo. Podía visualizarlo, y podría probar ese nuevo óleo titanio blanco . . .

—El grupo de estudio de la Biblia se reúne los miércoles a la noche —dijo el reverendo Pincek.

—¡Esta noche! —exclamé—. Les encantan los chismes.

—Esto podría funcionar —afirmó el reverendo—. Todos son bienvenidos, los niños de menos de diez años entran gratis. Eso puede hacer que vengan algunas familias jóvenes, también.

—Los niños de menos de cinco entran gratis —

corrigió Brian−. Y hay que poner varios frascos grandes para las donaciones.

−Pondré a varios voluntarios a trabajar en esto −afirmó el reverendo, entusiasmado. Luego se marchó al galope.

Brian me estrechó en uno de sus abrazos de oso.

Lo empujé para que se apartara. Al avanzar, sentí que algo me bamboleaba en el pie. ¡Ahora no! Se me había roto el taco del zapato.

−Justo cuando tengo que encontrarme con Guy.

−Es una señal −se mofó Brian en tono juguetón−. Quiere decir que vayamos a casa a abrazarnos. Luego iremos a ver a Frances.

Me saqué el zapato y fulminé con la mirada el taco ofensor.

−¿Qué parte de "No" no entiendes? ¿La "N" o la "O"?

−Sabes que tienes ganas −dijo Brian−. Debes devolver la calavera. Hazlo ahora. Frances es un buen tipo; comprenderá que solo querías ayudar al reverendo.

Pero a mí se me ocurrió una mejor idea, y hurgué en mi bolso hasta encontrar un rollo de cinta adhesiva, que esgrimí con aire victorioso.

−¡Me puedo arreglar el zapato! ¡Soy capaz de hacer cualquier cosa con cinta adhesiva!

−Ay, dios −suspiró Brian−. Iré a casa a preparar el

almuerzo. ¿Tienes dinero para darme para comprar comida, o uso ese frasco de monedas de veinticinco centavos que encontré en el armario de la ropa blanca?

—Tú vienes conmigo, señor —le dije—. No te perderé de vista hasta que tenga la calavera en mis manos. Creo que la tienes encima.

18

Arte moderno

La galería Rothschild era incluso más pretenciosa que la Frances Gates. Las salas tenían una iluminación tenue, del techo colgaban tiras de lienzos y en las paredes convivían televisores de pantalla plana con piezas de arte abstracto de excepcional atrocidad.

Como era de esperar, en cada sala había una delirante reseña de *The New York Times* ubicada en algún punto destacado.

–Esta es la fealdad de la fealdad. Esta porquería hace que me quiera pegar un tiro –masculló.

–Tessa, amor, la vida siempre es lo correcto. Ni siquiera lo digas en broma –me retó Brian.

Fuimos de una sala a otra. Se suponía que me encontraría con Guy allí, pero no lo vi entre los *hipsters* enfundados en negro. Espié una puerta entreabierta en la parte de atrás.

–Entremos allí –dije.

Entramos a una gran sala vacía, que no estaba tan oscura como el resto de la galería. No había nada en la habitación, salvo por unas luces rojas en las esquinas del techo, que resplandecían como los ojos rojos de un demonio. Debí de haber hecho una mueca, porque Brian me acarició la mejilla y el hombro.

—Estas cosas parecen los garabatos de un nene de cuatro años, ¿pero por qué te enfada tanto? ¿Por qué dejas que te altere?

—El arte puede ser tanto más —murmuré. Me apoyé contra el pecho cálido y sólido de Brian. Había pasado tanto tiempo desde que un hombre me abrazara con amor y contención. A decir verdad, mi ex nunca había sido muy bueno en eso. No me contenía mucho físicamente, salvo por nuestros esporádicos encuentros conyugales. No me contenía en absoluto en lo emocional.

—¿Qué puede ser el arte para ti exactamente? —quiso saber Brian, mientras me olisqueaba el cuello y me apretaba contra su cuerpo, como si me anhelara.

Esa era la pregunta central e ineludible de mi vida: ¿qué puede ser el arte para mí? Nunca lo había formulado de esa forma, pero al escuchar a Brian, algo se abrió en mi interior.

¿Podría hacer del arte mi sustento? Sin duda era mi pasión. ¿Pero podría mantenerme con el arte?

¿Y qué significaba para mí, además de los aspectos materiales?

Me trasladé mentalmente al Louvre, para estar frente a la arrolladora escalera Daru. Era otra vez una jovencita que admiraba la extraordinaria y ondulante Victoria Alada.

—En el octavo grado fuimos a París con mi clase de Francés, al Louvre. ¡Subí por las escaleras hasta la Victoria Alada, y quedé embelesada! Era tan bella y llena de vida, atemporal y eterna. Al contemplarla, todo lo mundano de la vida desapareció. Toda la miseria insignificante. Me sentí sanada, exaltada. Transformada. ¡Eso es lo que hace el arte de verdad!

—De acuerdo, lo admito, esto no es arte —observó Brian. Sus palabras me llevaron nuevamente hasta la Galería Rothschild y a las basuras degradadas que intentaban pasar por arte en las galerías más exclusivas. Brian señaló la puerta—. Es entretenimiento. ¿Qué tiene de malo?

—Entonces estos objetos corrompen el arte como campo —exclamé, deseando que lo comprendiera.

—¿Por qué no oponerte haciendo arte bello? No robando, sino mostrando tu propio arte. Tus obras son hermosas; la gente las comprará.

Tragué con fuerza y me tapé la cara con las manos.

—Es posible que haya hecho cosas estúpidas en el pasado; tomé malas decisiones.

—¿Decisiones que te impiden pintar?

—Es complicado.

—Amor, no puedes aferrarte al pasado de ese modo. No importa lo que hayas hecho; hazte cargo, pide disculpas, haz las paces, si puedes, y luego sigue adelante. —Me acunó más cerca, en el hueco entre el cuello y el hombro, y me besó la frente.

—Mi reputación . . .

—Tu reputación que se vaya al carajo . . . —dijo Brian, pero con ternura—. Eres joven y estás viva. Mientras respires, tienes una oportunidad. De enmendar las cosas, de empezar de cero. Es un don.

—Tú no entiendes —susurré.

Brian me besó en la boca, con más intensidad.

—¿Por qué no me explicas?

—No —dije, pero Brian seguía besándome, y la galería se desvaneció a nuestro alrededor, al tiempo que yo comenzaba a devolverle el beso. ¿Qué cautivadora magia tenía este hombre sobre mí que desataba semejante respuesta?

Se llevó mi mano a la boca y me besó la palma.

—Mm . . . sabes que no puedo resistirme a eso —gemí.

Todo mi ser se ablandó y se abrió a él. Me perdí en lo maravilloso que era el momento con él, y no me importó que estuviéramos en una galería de arte. Podríamos haber estado en cualquier parte del mundo, en un bazar atestado de gente, en Grand Central Station, o solos en esta sala silenciosa. Simplemente lo deseaba.

-Tessa, eres una mujer bella, dulce, afectuosa, además de una artista talentosa. En mi mundo y en este. Deja de ser tan dura contigo misma. Estás viva, y encontrarás la manera de salir de esto. Todo saldrá bien. -Me besó el cuello y las clavículas.

Con un quejido, apreté las caderas contra él. Luego salté hacia sus brazos, envolviéndolo con las piernas. No sabía lo que hacía, pero últimamente me pasaba a menudo. No parecía importar, porque estaba tan desesperada por cambiar mi vida.

En ese momento, todavía no me había dado cuenta de que antes tendría que cambiar yo misma.

Brian me aplastó contra la pared ubicada junto a la puerta. Vagamente, vi que cerraba y trababa la puerta. Luego, la camisa de alguien voló por el aire.

19

El performance art y el verdadero talento

Finalmente salimos de la sala vacía y me aseguré de arreglarme la falda. Tenía la camisa mal abotonada, así que la volví a abotonar a toda prisa.

Los asistentes estaban congregados alrededor de los televisores de pantalla plana. Una mujer con los ojos delineados como un mapache y un peinado alto que parecía una colmena nos vio salir. Comenzó a aplaudir. El sonido cautivó la atención de todos los demás, que primero se quedaron mirándonos y luego comenzaron a aplaudir también. Algunos gritaron.

—¡Bravo! ¡Bravo!

—¿Qué carajo les pasa? —me pregunté.

Un hombre mayor de aspecto distinguido avanzó entre la multitud. Su silueta alta y los rasgos distintivos, de facciones bien marcadas, de su rostro curtido eran inconfundibles. Se amaba a sí mismo con la petulancia vaporosa y tórrida de mil soles, algo que alguna vez me había generado admiración.

Ahora me daba ganas de vomitar.

–Bien hecho, Tessa. Un placer verte. Qué buen trabajo allí dentro –afirmó, con un acento británico fingido que, lamento reconocer, alguna vez también fue objeto de mi admiración.

¿Acaso había sufrido daño cerebral en esa época?

–Cliff Bucknell –dije lentamente.

Cliff creyó leer en mi tono de voz la adulación a la que estaba acostumbrado, y se acicaló como un pavo real.

–Así que ahora te dedicas al performance art. ¿Dejaste de lado esos paisajes melosos? No tienen sentido. La belleza es tan banal. La esencia del posmodernismo es lo antiestético. Allí está la vanguardia. Lo que es plástico no es plástico en absoluto.

Hubo un tiempo en que ese tipo de posturas me habían fascinado. Ahora, y quizás tenía algo que ver con lo cálido y real de la locura de Brian, me parecían estupideces.

–¿Qué haces aquí? –pregunté.

Brian, que me rodeaba la cintura con el brazo, intervino.

–¿Por qué tengo la sensación de que fuimos las estrellas de un espectáculo?

Un hombre vestido completamente de negro, que se movía como deslizándose, se acercó.

—¡Excelente actuación! Una intensa expresión de anhelo escatológico.

—Eso no fue escatológico —saltó Brian. Volvió a mirarlo—. ¿Qué vieron exactamente?

—Todo —respondió el hombre—. Estoy inaugurando una instalación en el MOMA bajo el título "Simplemente seres humanos" y me encantaría que presentaran su actuación allí. Se ha grabado aquí, pero prefiero que el performance art sea en vivo.

—¿Se ha grabado? —Retrocedí un paso, espantada—. Cliff, ¿tú viste . . .?

—Incluso cuando haces el amor, eres, oh, idealista y entusiasta, pero trillada. Pero bueno, ese no es tu verdadero talento, ¿no es cierto? —Cliff profirió una risita, con un brillo en los ojos.

Brian gruñó, literalmente. Dio un paso en dirección a Cliff y lo empujó con fuerza.

—¡Fíjate cómo le hablas, hermano! ¿Y qué quieres decir con su "verdadero talento"?

Cliff infló el pecho, pero retrocedió unos pasos.

—Ella sabe. Tiene un don bastante útil para las artes oscuras, aunque nunca será una verdadera artista. Ya tiene una reputación.

Me di vuelta y me marché de allí.

Brian salió detrás de mí.

Cuando cruzamos la puerta de ingreso, Guy, que estaba fumando un cigarrillo, me cortó el paso.

—El aporte de las sombras es hacer que la luz brille aún más, e incluso aquello que puede considerarse feo en sí mismo, puede parecer bello en el marco del orden general. Es este orden en su conjunto que es bello, pero desde esta perspectiva, incluso la monstruosidad se redime . . .

—¡Ahora no! —grité, medio desesperanzada, medio indignada.

—Llámame, si valoras tus pulgares —me respondió Guy.

20 La luz de mis ojos

La calle catorce estaba atestada de peatones y una profusión de tiendas. Avancé a toda prisa, con la camisa y la chaqueta mal abotonadas, y el taco encintado que amenazaba con salirse.

Como si no hubiera echado a perder mi pasado lo suficiente, ahora me había convertido en estrella del arte porno. ¿Acaso podía caer más bajo? Todo era culpa de Brian.

−No tenías derecho a seducirme −escupí.

−Me rodeaste la cintura con las piernas. ¿Qué iba a decir? ¿"No, gracias"?

−Sí, si fueras un caballero. −En verdad echaba fuego.

Brian se echó a reír.

−Claro. ¿Quién era el viejo pretencioso con el acento falso, y qué quiso decir con las "artes oscuras"?

—Ese es Cliff Bucknell. Es el mimado del mundo del arte, el próximo Warhol.

—¿Es el que hizo la calavera? —quiso saber Brian.

—Es el tipo cuyo nombre figura en la calavera. No lo veo hace tres años. ¿Cómo sabe que no estoy pintando? —¿Sería yo tan transparente, tan humillantemente obvia?

—Ahora estás pintando —señaló Brian—. Pintaste ese bello paisaje sobre el aviso de desalojo. Todos esos lienzos de la sala y el clóset del vestíbulo.

—Esos son de hace tres años. Desde entonces no había vuelto a pintar, hasta esta semana.

—Mi Tessa nunca dejaría de tocar el chelo por sufrir un pequeño rechazo —afirmó Brian, en tono confundido—. ¿Qué te pasó? Tessa, a veces, para avanzar en la vida, tienes que asumir riesgos . . .

—Riesgos, te mostraré lo que son riesgos —dije. Comencé a correr. Mi taco encintado se salió. La cinta adhesiva tenía sus limitaciones, como todos las tenemos. Pateé el zapato en medio de la calle, donde lo atropelló un taxi y quedó hecho un panqueque. A los saltos con un pie descalzo, entré en una tienda de Apple.

Como siempre, la tienda estaba llena de gente de todas las edades, tamaños y nacionalidades. Si me hubiera quedado inmóvil, cosa que no hice, hubiera escuchado veinte idiomas diferentes en el lugar.

-Tessa, mírate el pie; ponte mi zapato -decía Brian, jadeando.

Con el hombro, aparté a un adolescente punk de la última y más sexy iMac. Mis dedos volaron enloquecidos sobre el teclado.

-Vamos a googlear Brian Tennyson -masculle.

-No, no es buena idea. No lo hagas -protestó Brian, alarmado. Me tomó del brazo.

-¿Qué tienes miedo de encontrar? -Me solté de su agarre-. Brian Tennyson, por toda la web, a ver aquí. Sé sobre ti, Brian -dije, con aire triunfal-. Eres un profesor universitario que tuvo un brote psicótico con la realidad y te tuvieron que internar.

-¡No es cierto! -protestó Brian, indignado-. Eso nunca pasó, no en mi universo.

-¿La página de inicio de Columbia? Quizás menciona la hospitalización -reflexioné.

Brian no lo pudo evitar; se acurrucó a mi lado para ver sobre mi hombro. En la pantalla se abrió una página de alabanzas al doctor Brian Tennyson, donde se resaltaban sus innumerables honores y distinciones. Era una versión más elegante y pulida del Brian de otro universo que me había seguido hasta terminar en mi cama. En verdad no estaba de suerte. Tuve una oleada de lástima por él.

"Me dijeron que escribías libros, pero guau, tres libros. Qué pena que hayan tenido que encerrar en un manicomio a un profesor tan joven y prometedor.

−¿Libros? −preguntó Brian, empujándome.

Un vendedor muy canchero se nos acercó.

−Hola, muchachos, me llamo Jordan. Miren lo increíblemente rápida que es la nueva iMac.

−Este es un bestseller −dije señalando la pantalla−. Era para el público en general.

−*Cómo la empresa nos puede teletransportar.* Me encantó. ¿Es usted? Voy a buscar a Chad, que es fanático de *Viaje a las estrellas*, y adora su libro. −Jordan se marchó, saltando con el entusiasmo de un cachorrito.

−No publiqué ningún libro en mi universo −murmuró Brian, en tono suave. Se le ensombreció la mirada.

−¿No publicaste libros en el mundo de ensueño? ¿No asumes riesgos en la tierra alucinógena, oh, bella mente? −pregunté secamente.

−Gracias, pero no es un tema de riesgos, sino de prioridades. ¿A quién le importan los papeles, los libros y los premios? A mí me importa mi matrimonio. Pasé mi tiempo contigo; no encerrado en una oficina, y me alegro de que así haya sido. − Brian parecía a punto de estallar.

Jordan regresó con otro nerd con exceso de entusiasmo.

−Doctor Tennyson, le presento a Chad.

-¡Hombre, es una estrella de rock! -exclamó Chad, estrechando la mano de Brian con más entusiasmo del que incluso Brian solía mostrar-. El modo en que explica la función de ondas del universo es increíble. ¿Está escribiendo un nuevo libro?

-Está demasiado ocupado viviendo sus alucinaciones -respondí.

Brian giró hacia mí.

-Por Dios, Tessa. Solo estás molesta porque nos vio todo el mundo haciendo el amor en los televisores de esa estúpida galería de arte.

Sí, estaba molesta, qué diablos. Y tenía derecho.

-¿No te das cuenta? ¡Rothschild va a pasar ese video porno de nosotros hasta el hartazgo hasta que surja algo más estúpido y subido de tono!

-¿Cómo se llama la galería? -preguntó Jordan.

-Eso fue bastante subidito de tono -acotó Brian, rascándose la barba de tres días-. ¿Cómo lo hicimos? ¿Cinco posiciones diferentes? Me sentía inspirado y tú estabas tan, ay, tan dispuesta.

-¿Qué tipo de comentario es ese? -exigí.

-¿Es la galería Rothschild Modern o Rothschild Masters? -murmuró Jordan, con los dedos sobre el teclado.

Brian no había terminado de acosarme.

-No fue estúpido; fue entusiasta. La pasaste bien. Y te vino bien, porque lo necesitabas.

¿Qué carajo?

–¿Qué se supone que quiere decir eso? –exigí, en un tono gélido que, tenía la esperanza, lo marchitaría hasta ponerlo en su lugar.

–Que construí mi dispositivo de mundos alternativos y llegué aquí en el momento más oportuno –respondió Brian en un tono equiparable al mío–. Estabas tan caliente que crujías al caminar. Si hubiera llegado un poco después, hubieras tratado de tirarte a un árbol.

Estaba a punto de responderle a Brian lo que se merecía cuando Chad me empujó para que le dejara el lugar.

–¿Un dispositivo de mundos alternativos? –interrumpió Chad–. ¿Es eso lo que creo que es, doctor Tennyson? ¡Guau, si lo inventó, es como Da Vinci, un verdadero súper cerebro y erudito!

–Gracias –afirmó Brian–. No quiero sonar poco humilde, pero acepto tus elogios. Es un gran logro.

–No te atrevas a mencionar a uno de los grandes maestros renacentistas en la misma oración que este lunático –dije, acalorada, ya inmersa en la incomparable *Virgen de las rocas* y su glorioso *sfumato*–. Da Vinci fue un maestro como ningún otro. Su uso de la perspectiva y el retrato psicológico . . .

–El libro del doctor Tennyson es una genialidad

—escupió Chad—. Me encantó la historia sobre Einstein, que le escribió a su amigo para que lo ayudara con la matemática para la relatividad.

Brian se puso en pose y fingió un acento alemán.

—¡Grossman, tienes que ayudarme o me volveré loco!

—Erp —chilló Jordan. Enarcó las cejas casi hasta el crecimiento del pelo, lo que les envió una señal silenciosa a los demás genios de Apple de que lo rodearan, para ver qué había encontrado en Internet.

—Luego Grossman encontró la matemática accidentalmente. Einstein no pudo avanzar hasta que alguien más también lo encontrara de casualidad. Es como estos pequeños acontecimientos azarosos que afectan todo —decía Chad en tono de veneración—. Uno se pregunta, ¿qué habría pasado si Grossman no hubiera resuelto la matemática?

Aumentaba el murmullo de los clientes de la tienda, al tiempo que se agrupaban frente a las pantallas de las computadoras, desde las que brotaban sonidos de respiración esforzada y de besos. Di un paso para ponerme delante de Jordan, traté de abrirme paso entre los genios congregados alrededor de él para poder ver mejor la pantalla. No había forma de que ese fuera el video de mi encuentro con Brian, ya subido a la Internet, ¿o sí?

—Me encantan los tensores métricos —dijo

Brian–. Los usé en mi invento para demostrar la decoherencia macroscópica.

–¿Entonces habrá otro libro? –quiso saber Chad.

–Tal vez –respondió Brian, con una sonrisa–. He descubierto que es posible construir un dispositivo que permite trasladarse entre universos paralelos, usando portales magnéticos que conectan el sol con la tierra. Sería un libro genial.

–¿Portales magnéticos? –gorjeó Chad. Pero luego su mirada se posó en la pantalla, se desvió y volvió a fijarse en la pantalla. Traté de hacerlo a un lado, pero estaba adherido al piso.

–¡Sáquenlo! –aulló un tipo con pinta de gerente que salió corriendo del fondo de la tienda, blandiendo los brazos con furia. Fue en ese momento en que vislumbré una imagen fugaz de brazos y piernas desnudos entrelazados que acompañaban los gemidos suaves y sensuales que salían de cada pantalla de la tienda. Me invadió una oleada de ansiedad.

Brian no se había percatado de nada.

–Eventos de transferencia de flujo. Debido al flujo de toneladas de partículas de alta energía, generan las condiciones para viajar a otros mundos.

–¡Apáguenlo! –volvió a aullar el gerente.

Por vigésima vez en los últimos dos días, ya me habían hartado. ¿Solo habían pasado dos días? Parecía toda una vida.

−¿Podrías dejar de hablar de tus delirios? −siseé−. Mira a tu alrededor. ¿Sabes qué están mirando todos? Creo que a nosotros. No necesitaba que llegaras a mi vida y me acosaras y me sedujeras.

−Ay, sí que lo necesitabas −afirmó Brian−. Tú eres la que está perdida en un mundo de fantasía en el que cuidas a los viejos y te castigas por tu pasado, viviendo en la tumba de tu matrimonio fracasado.

−Mi matrimonio no fracasó. La que fracasó fui yo −acoté. El gerente de la tienda Apple corría de una Mac a la otra y golpeaba los teclados con fuerza.

Brian negó con la cabeza.

−Qué neurótica. Tienes que dejarlo ir. David nunca fue el indicado para ti. Es demasiado rígido. Tú eres una excéntrica complicada que necesita mucho afecto. Yo puedo dártelo.

−No todo tiene que ver contigo. O con el sexo −observé−. Tengo muchos vínculos gratificantes. Voy a visitar a la señora Leibowitz.

−Eso no es un vínculo −dijo Brian−. Eso es cuidar a una anciana que está a punto de morir.

El video había alcanzado su clímax. Mis gritos de éxtasis colmaban la tienda de Apple. Era como una de esas pesadillas en las que estás desnuda en público; solo que era real. Del horror, me quedé inmóvil como una estatua de sal.

El gerente de la tienda se dejó caer contra el

mostrador de exhibición y se tapó la cara con las manos.

—Guau, doctor Tennyson —dijo Chad—. ¡Qué genio!

—Le hizo pasar un buen momento a la dama —observó Jordan con admiración. Empezó a aplaudir a Brian y los demás geniecitos lo imitaron. Todos se unieron al aplauso, salvo algunos niños, a quienes las madres les habían tapado los ojos. La tienda resonó con una aclamación atronadora.

—¡Cómo te atreves! —Sentí que me ponía de color escarlata.

—Me atrevo —respondió Brian—. Asumo riesgos.

No había escapatoria. Iba a tener que vivir con la vergüenza. ¿Acaso no me había convertido en una experta en intimar con mi propia vergüenza? Me dirigí hacia la puerta con la cabeza en alto. Mi salida dramática se vio arruinada por el hecho de que caminaba cojeando por la falta de un zapato, hasta que me di cuenta de que no tenía por qué usar un solo zapato. Dándome vuelta, me lo saqué y se lo arrojé a Brian, que logró esquivarlo.

—Hombre, qué bueno que ya consiguió un poco de amor —dijo Jordan—. Porque no creo que se repita.

—Yo nunca estuve de verdad con una chica, así que no las entiendo —agregó Chad—. Pero estoy casi seguro de que cuando te tiran un zapato por la cabeza, no es buena señal.

Brian me miraba con un gesto casi siniestro.

—¡Nadie, ni siquiera los físicos, ni siquiera Einstein, ni siquiera el genio más brillante de todos los físicos, que logra elaborar una extraordinaria teoría del todo en una simple ecuación, puede comprender a las mujeres!

¿Es que no lo entendía?

—Yo perdí todo por los riesgos que asumí —expliqué, y salí de la tienda.

Ya le habían echado suficiente sal a mi herida.

21

Cavernícolas y sandalias de taco aguja

Arrodillada frente al clóset de la señora Leibowitz, saqué un par de pantuflas turquesas con lentejuelas, escandalosamente esponjosas. Mi voz se oía amortiguada porque tenía la cabeza envuelta en anticuados vestidos de seda.

—¿No le molesta si las tomo prestadas? —grité para que la señora Leibowitz me oyera a través de la tela.

—No tienes que gritar, querida, todavía oigo bien —respondió la anciana—. Solo desearía calzar lo mismo que tú, para que te pudieras llevar zapatos de verdad.

—Estas me encantan —le aseguré—. No tienen taco para romper.

—Tessa, solo hay un antídoto para los tacos que se rompen.

Salí del clóset y me senté en la silla ubicada al lado de la cama de la anciana, expectante. Reconocía su tono malicioso, y sabía por experiencia que saldría con alguna frase divertida e inesperada.

—Bueno, caeré. ¿Y cuál es, señora L?

—¡Un par de sandalias de charol de taco aguja de diez centímetros de alto, que piden a gritos un revolcón!

—¡Señora Leibowitz! —protesté, entre risas.

—Nada mejor que el taco aguja para que el culo parezca más apetitoso. El taco aguja genera un meneo de cadera, y los hombres no se pueden resistir. A Brian le encantaría. —Me miró deliberadamente.

Suspiré.

—Brian es un psicótico.

—Es excéntrico. Así son los científicos.

—Brian supera mucho la clasificación de excéntrico en la escala de la chifladura —afirmé con cara de pocos amigos.

La señora L negó con la cabeza.

—Mi generación no se hacía tanto rollo con el sexo. De hecho, nosotros inventamos el sexo pervertidillo.

—Eso lo hicieron los cavernícolas —objeté—. Lo que explica la fijación que tienen los hombres con el sexo. Hasta los científicos. En realidad son todos cavernícolas.

—Oh, no; no entiendes. Mi generación fue la que exploró el sexo picante —insistió la señora L—.

Estábamos desesperados por buscar algo que nos hiciera olvidar la guerra. No creerías las cosas pícaras que hicimos Bernie y yo.

Me reí con impotencia, pero no pedí detalles. No quería saberlo.

-¿Por qué no salimos? Es un lindo día.

-No creo -dijo, y se hundió en las almohadas-. ¿Puedes empujar la cómoda para que quede pareja con el pie de la cama? Me gusta mirar las fotos.

Me levanté e hice fuerza para empujar la pesada cómoda de caoba.

-¿Hoy también está cansada, señora Leibowitz? ¿Está tomando los medicamentos?

-Muévela solo un poquito para cambiar la perspectiva -murmuró-. No tengo ganas de salir o de ver a nadie. Solo a ti, Tessa; eres tan alegre y afectuosa. Y de repente tienes más entusiasmo. Pero yo no. Me estoy apagando, como un reloj viejo. Quiero poder hacerlo en paz.

El corazón me dio un vuelco.

-En un centro de atención integral . . .

-Me voy a quedar aquí -dijo con firmeza-. Bernie y yo vivimos en este apartamento durante cincuenta años. Está lleno de nosotros, de nuestra vida juntos. Hace que no me sienta sola.

Me quedé de pie al lado de la cama y le tomé la mano.

—Señora L, no se puede cuidar sola. ¿Qué le hubiera pasado ayer si yo no hubiera llegado en ese momento? Podría haber estado sentada allí toda la noche.

—Me puedo conseguir comida cuando tengo hambre, y tengo ropa limpia.

—Pero necesita otros cuidados también —le dije, pero con suavidad, porque le tenía afecto y no quería hacerla sentir mal.

—No, no es así. No quiero tener un montón de tubos en los brazos, ni que me llenen de medicamentos. No quiero estar tirada en una cama desconocida a merced de extraños. ¡Es una manera cruel de morir!

—Puede vivir mucho tiempo más, y la calidad de ese tiempo . . .

—Es decisión mía —afirmó, con una mirada solemne—. La calidad de vida de una persona siempre depende de ella. Cada uno decide cómo se siente en cada circunstancia. Mi amor por Bernie y nuestros hijos me acompaña siempre. Ahora me estoy desarmando, y no me importa. Después de noventa años, eso pasa. Es lo que debe pasar. Ah, tengo un regalo para ti. En la cómoda.

Quise convencerla de que tenía que intentar vivir, de que vivir a medias igual era valioso. Una mirada a su rostro me bastó para ver que no tenía sentido. Era maravillosa, sin duda; pero no fácil de convencer. Encontré un paquete rectangular envuelto en papel madera sobre la cómoda.

–¿Y esto qué es?

–No lo abras hasta el fin de semana –me advirtió la señora Leibowitz–. El sábado. Ábrelo después del sábado.

–No tenía por qué, señora Leibowitz.

–Lo sé; quería hacerlo –afirmó en voz suave y lenta–. Hacer lo que uno quiere es la prerrogativa de los que estamos cerca de la muerte. Debería ser también la prerrogativa de los vivos, pero no siempre funciona de ese modo.

–¡No quiero que usted se muera!

22

Donde se encuentran el pasado y el futuro

Brian estaba de pie en la puerta de mi edificio. A su lado estaban apilados mis lienzos y dos maletas. Debajo de un brazo, tenía mi computadora portátil y, del otro, los cuadernos de dibujo.

Corrí hacia él, acompañada del chancleteo de mis pantuflas turquesa.

−¿Brian, qué pasó? −grité.

José cambió las cerraduras. Por suerte, me dejó entrar para sacar algunas cosas. Es un buen tipo.

−¿El consorcio me echó?

−Quieren que hagas un pago importante de tu deuda. En verdad están tratando de evitar ir a juicio. −Brian se encogió de hombros.

−Esto no es legal; no puede ser legal −protesté.

−Ahora estamos aquí. ¿Qué hacemos?

−¡Diablos! ¿Cuánto quieren?

−Doce mil dólares y un plan de pagos.

–Está bien, está bien. –Me pasé las manos por el pelo, pensando a toda prisa–. Dame la calavera. Ahora lo voy a llamar a Guy. Probablemente ya tenga un comprador en mente; por eso está tan insistente. Lo podemos hacer rápido.

–Ese Guy; es un tipo extraño. No me gusta.

–A mí tampoco –admití, con un escalofrío–. Nos lo tenemos que sacar de encima.

Brian se rascó el mentón.

–Acerca de eso; puse la calavera en el aparador del vino.

Me quedé mirándolo fijo mientras iba entendiendo, hasta que finalmente comprendí la magnitud de la situación. Me dejé caer, sentándome en la maleta.

–Está en el apartamento.

–Sí.

–No la tienes encima.

–No. Y tenemos un problema más grave. Frances me dio un día para convencerte de devolverla. Luego va a llamar a la policía. –Brian se sentó a mi lado.

–Mejor la policía que Guy –dije con otro estremecimiento.

–Necesitas una estrategia para zafar de ambos –dijo Brian deprisa.

–¿Una estrategia? ¡Necesito otra vida!

–La tienes. Tienes hasta miles de millones de

vidas –aportó Brian, con tono amargo y nostálgico a la vez.

–Me refiero a aquí y ahora, en el mundo real, profesor. –Yo también estaba llena de amargura. Estaba a punto de estallar, y de mostrar las águilas de garras venenosas.

–¿Y si hacemos una calavera? Puedes decir que es tuya y dársela a Guy para que la venda. Como una copia de la versión de Bucknell de la obra de Hirst. El mundo del arte lo consideraría astuto.

En ese momento, no pude más. Después de todo lo que me había pasado. Me tomé la cabeza entre las manos y rompí en llanto.

Con una exclamación, Brian empezó a acariciarme el cabello.

–La calavera es mía. La hice yo. –Sollozaba tan intensamente que apenas podía pronunciar las palabras.

–No entiendo.

–Cliff mencionó las artes oscuras . . .

–¿Se refería a la falsificación? –preguntó Brian con un exclamación ahogada.

Asentí. Y luego, porque no pude evitarlo, ya que no podía dejar las puertas de mi memoria tan enterradas como hasta ese mismo momento, recordé lo que había pasado hacía tres años.

La escena en el taller de Cliff Bucknell en Catskills. Yo trabajaba en la calavera, pegando las lentejuelas. Era la última pieza que hacía para él, la última, después de haberle terminado muchas otras obras o de haberlo ayudado haciendo casi todo el trabajo por él. Mientras trabajaba, le hablaba a Cliff, con la esperanza de que se despabilara.

Cliff estaba tirado en la cama, acurrucado en posición fetal. Había sucumbido a la heroína, y entrado en una espiral inevitable hacia la depresión, la inercia y luego la parálisis, tras un romance con la hierba y la cocaína. Había dejado de trabajar y no había cumplido con varios contratos que tenía con galerías de arte y clientes privados; le podían entablar acciones legales, y exiliarlo oprobiosamente del mundo del arte que alguna vez lo idolatrara.

Y entonces había llegado yo, su leal y comprensiva alumna, al rescate.

El recuerdo se desvaneció, con su habitual punzada de dolor. Alcé la cabeza para mirar a Brian a los ojos. Sincerarme se sentía bien.

—Cliff tenía depresión clínica y era adicto a las drogas. Yo era su alumna y quería ayudarlo.

—Sí, y ya he visto cómo ayudas a los demás en este mundo. Perjudicándote a ti misma. —Brian estaba furioso.

–Cliff tenía obligaciones contractuales con comerciantes de obras de arte, con galerías y con Guy. Así que puse un microemprendimiento: yo le hacía los trabajos. También le sugería obras y hacía de modelo. ¿Recuerdas los desnudos de la galería de Frances? Soy yo.

Brian se puso tenso.

–¿Posaste desnuda para el tipo? ¿Te acostabas con él?

Otro recuerdo doloroso: yo desnuda frente a Cliff, que estaba de pie frente a un caballete enfundado en una bata de seda. Estaba hecho un desastre, apenas si funcionaba. Alguna vez había sido una figura muy celebrada en el mundo del arte, y ahora se desintegraba frente a mis ojos. Ni siquiera podía mantener su acento fingido y sonaba como el chico del Bronx que había sido alguna vez.

En ese momento, entró David. Hasta el día de hoy yo no había podido dilucidar qué llevó a mi esposo al taller de Cliff ese día. Al vernos, dio por sentado lo obvio. No dijo una palabra. Me dirigió una mirada de desprecio, giró sobre los talones y se marchó, asqueado.

¿Acaso yo no merecía que al menos me preguntara algo después de tantos años juntos?

¿Acaso lo que teníamos no merecía que yo se

lo dijera? ¿O simplemente estaba aliviada de que nuestro matrimonio llegara a su fin?

Inhalé profundamente.

—No me acosté con Cliff, pero todos pensaron que sí, en especial David.

—El santito de David, tu primera opción —escupió Brian.

—Brian, mi ex, no era ningún santo —afirmé, y luego continué con la lastimera anécdota—. Uno de los comerciantes de arte se dio cuenta de que la obra de Cliff en verdad no era de él. Les dijo a las galerías de arte que alguien se estaba aprovechando de Cliff porque estaba enfermo. Se esparció como un relámpago el rumor de que su asistente, yo, hacía pasar sus propias creaciones como obras genuinas de Cliff, y cobraba las ganancias. Yo nunca recibí un centavo, pero me convertí al instante en la Osama Bin Laden del arte, una paria odiada por todos. Nadie culpó a Cliff porque, bueno, es Cliff. Me culparon a mí. David se horrorizó y no me dejó explicarle nada. —Ahora me daba cuenta de que quizás yo tampoco había querido darle explicaciones.

Brian se puso de pie y comenzó a caminar en círculo alrededor de mí y las maletas.

—No puedo creerlo. Falsificación de arte, adulterio. ¿Quién eres?

—Tu esposa en otra vida —respondí en tono amargo—. Te puedo decir lo que no soy: una ladrona. Esa calavera me pertenece, Brian. Nunca estuvo destinada a la venta. Cliff prometió que iba a dármela. Incluso firmó una carta que certifica que la hice yo y que es mía. No sé cómo terminó la calavera en la galería de Frances, pero tengo derechos legales a reclamarla. Es mía. Gates no hizo bien la tarea sobre la procedencia de la pieza. La carta está en un cajón de mi dormitorio. Me sorprende que no la hayas encontrado cuando me revisaste todo.

—Me desconcentraron tus tanguitas —bromeó Brian, pero su mirada se había ablandado—. Sabía que no eras una ladrona. —Se arrodilló frente a mí—. ¿Sabes por qué vine hasta aquí?

—Dios, si me habré hecho esa pregunta —respondí, entre lágrimas, con una sonrisa torcida, que era lo máximo que podía lograr—. ¿Te escapaste del manicomio y me buscaste en Internet?

—¿Todavía no crees que soy quien digo ser? ¿Incluso después de haberte acostado conmigo? Está bien. Vine aquí porque estás viva.

—¿Y qué?

—En mi mundo, no lo estás —explicó Brian. Cerró los ojos y, en el aire, flotando a su alrededor como un aura, por poco, por muy poco, casi pude ver tangiblemente a Tessa, yo misma, demacrada sobre una cama de hospital, conectada a un suero endovenoso. Vi a Brian, que se subió a la cama y me abrazó, o la abrazó a *ella*, la otra versión de mí. Los ojos de Tessa se cerraron y la imagen de su rostro se desvaneció.

"Melanoma —continuó Brian—. Por ese lunar del pecho, así que te trataron por cáncer de mama. Cuando descubrieron el error, era demasiado tarde. Tu muerte casi me mata. Me obsesioné con volver a verte. Por eso construí el dispositivo de decoherencia. Había estado jugueteando con la teoría de los universos alternativos durante años. Pero cuando te perdí . . .

"Nunca fue por mi carrera, o el avance científico o el premio Nobel, ni nada de eso. Siempre fue por ti. La mujer que amo. Mi todo.

"Así que no te quejes de los errores que cometiste en el pasado, porque aún tienes un futuro. —Se dejó caer sobre la maleta, a mi lado. Angustiado, se pasó los dedos por el pelo, que le quedó medio parado.

A nuestro alrededor, avanzaban autos y peatones. La luz del sol caía en tonalidades doradas. Alcé la mirada a la franja de cielo azul, las frondosas hojas de los árboles y la pálida medialuna en el cielo. Hacia el oeste, sobre el río Hudson que podía imaginar tan bien a pesar de no verlo, las nubes dibujaban estelas sobre el agua color índigo. Tuve una imagen repentina de una escena para pintar. Un paisaje de ciudad. En la vereda, dos siluetas nítidas embargadas por la pérdida, conectadas entre sí de algún modo misterioso.

Me puse de pie.

—Tengo las llaves de la casa de Ofee. Iremos allí hasta que decida qué hacer.

La mirada de Brian estaba clavada en mis pies.

—Qué buenas pantuflas.

23

Perro boca abajo y la solución a todos los problemas de la vida

Las paredes de Ofee estaban decoradas con pósteres de Ganesha, flores de loto, y meditadores sentados con chacras coloridos. Uno de mis paisajes, una representación bastante bella de la montaña Shawangunk Ridge en New Paltz en otoño, cuando las hojas estallan en colores ardientes, colgaba junto a los cuerpos anatómicos visionarios de Alex Grey. Brian y yo arrastramos las maletas y los lienzos hasta el interior del apartamento.

–Tenemos donde quedarnos, pero estoy tan preocupada que no puedo pensar qué hacer. Tengo que elaborar un plan –afirmé, retorciéndome las manos.

Brian caminó por el lugar, examinando la decoración de Ofee.

–Claramente, en este mundo Ofee se dedica a vender droga. Como regla, no creo en las sustancias ilícitas, pero estamos ante una emergencia. Encontraremos el producto y veremos si hay algo que te haga sentir mejor.

Sin quererlo, no pude evitar sonreír.

—Ofee no vende droga. Es profesor de yoga. Es muy reconocido; tiene todo un culto de seguidores.

Brian estalló en carcajadas.

—¡Ofee enseña yoga!

—Dice que la postura del perro boca abajo soluciona todos los problemas de la vida. —Me saqué las esponjosas pantuflas turquesas y le mostré la postura.

Brian se puso detrás de mí y contempló mi trasero con expresión apreciativa.

Lo miré sin sacar la cabeza de entre las piernas y vi que recuperaba parte de su efervescencia natural.

Con suavidad, me apoyó las manos en las caderas.

—En algo anda Ofee, absotivamente, afirmalutamente.

—No. Yo todavía soy una divorciada sin un centavo, que no tiene un techo sobre su cabeza, además de una pintora fracasada de dudoso pasado. Ahora protagonizo un video porno que circula por Internet. —Me dejé caer de espalda—. ¿Qué podría ser peor?

—La muerte es peor —afirmó Brian, con tono tembloroso. Esperó un momento, y luego siguió hablando en su tono habitual–. Y la verdad, te ves realmente excitante en el video. Lo que es más importante, yo también. No es algo tan fácil para un físico. –Se sentó en el piso, a mi lado.

–Así que todavía estoy vivita y coleando. ¿A qué se dedica Ofee en tu mundo hipotético?

–Es abogado; se especializa en impuestos.

Fue mi turno de atragantarme con una risa incrédula.

–¡No te creo! Ofee no podría ser abogado en ningún mundo posible.

–Tú no crees en los mundos alternativos. Crees que estoy chiflado.

–Es cierto. Lo siento.

Brian me apartó el pelo de los ojos. Me besó en la nariz.

–Supongo que voy a tener que probártelo. ¿Crees que Ofee tendrá un sombrero, una peluca, o algo que pueda servir para disfrazarse?

–Probablemente encontremos algo –murmuré– ¿Por qué?

–Porque te voy a llevar a una conferencia para el público general, que vi publicada en un aviso hoy más temprano, en la tienda de Apple.

24
Universos de nivel IV

Brian tenía puesta una peluca rubia que hubiera sido más adecuada para una estrella de Hollywood. La habíamos encontrado en uno de los clósets de Ofee. Me pregunté qué hacía Ofee con esa peluca, porque nunca me la había mencionado. ¿Tendría una vida oculta de travesti, que yo desconocía? ¿Quién necesitaba los mundos paralelos cuando podíamos vivir tantas vidas en este? La gente guarda tantos secretos de los demás, incluso de sus mejores amigos.

Pero me imagino que no son tan precarios como los secretos que guardamos con nosotros mismos.

–Me veo bien con este look –dijo Brian, mientras acariciaba los mechones largos y sedosos de la peluca. Salimos del subterráneo en la calle 116, en el Upper West Side. Sabía dónde estábamos, desde luego: la universidad de Columbia, donde había estudiado arte durante cuatro años.

¿Qué hacíamos ahora aquí? No tenía idea. Brian había estado bastante circunspecto, cosa poco habitual en él, aunque un poco más alegre.

Lo miré.

–Lo mejor del look son las gafas espejadas –observé.

–Sí, ¿no es cierto? –canturreó, con una risita.

Si me abrazaba, le daría un tortazo. Todavía no lo había perdonado por lo de la tienda de Apple. O por el espectáculo en la galería Rothschild Modern, para el caso. Por lo menos, no quería perdonarlo, pero ¿cómo podía enfadarme con él? Lo miré y suspiré. Luego miré a mi alrededor, ansiosa, preguntándome quiénes de los transeúntes me habrían visto ponerme retozona con Brian en Internet.

¿Qué nos había poseído para hacer el amor en tantas posiciones diferentes?

En verdad deseé haber vuelto al gimnasio hacía meses en lugar de estar tirada en el sofá mirando Netflix. Pero todos los que pasaban tenían la expresión indiferente e inofensiva de la inocencia, y me tranquilicé. Es decir, el video no estaba colgado en YouTube ni nada parecido, sino en el sitio web de una galería de arte. ¿A cuántas personas les interesaba el arte cuando todo su tiempo y su atención estaban centrados en el trabajo, la familia, los mensajes de texto, de Twitter y Facebook y la televisión y la verdadera pornografía en Internet?

Probablemente Cliff tuviera razón y mi actuación en el video no fuera ni original ni especialmente memorable. Era como si me animara un poco pensar que era mala en la cama. Cuando todas las demás excusas fallaban, al menos me quedaba eso.

—Por aquí —decía Brian, haciéndome pasar por los altos portones negros del campus de Columbia—. No queremos llegar tarde.

Luego me arrastró a toda velocidad por los bustos de Zeus, Apolo y Atenea en la entrada, hasta la rotonda de Low Memorial Library. Pasamos por grupos de alumnos que salían del elegante salón, que no era una biblioteca a pesar del nombre, y que se arqueaba en lo alto, con una cúpula imponente inspirada en el Panteón de Roma.

Me hubiera sumergido en imágenes de Roma y el arte clásico pero, al mirar al escenario, lo que vi me dejó helada y me detuve donde estaba. No qué, sino quién.

Brian.

¿Cómo era posible que Brian estuviera a mi lado, aferrándome el brazo y riéndose entre dientes?

—Ah, tú, mujer de poca fe —me dijo, arrastrándome hasta un asiento.

—Pero, pero, pero —tartamudeé—. Eres tú.

Me habló con los labios contra el oído.

–Ese soy yo en este mundo. Yo soy yo en el mío. Somos los mismos, pero no lo somos.

Boquiabierta, contemplé a la multitud que se había congregado para escuchar la conferencia del doctor Brian Tennyson.

–¡Sus libros deben de ser buenos si convoca tanta gente!

Brian dio un respingo.

–Bueno, es un poco más exitoso que yo. Pero no tuvo oportunidad de amarte, y yo sí. Así que creo que a mí me fue mejor.

Este profesor en verdad era popular. Debería de ser una superestrella del mundo de la física.

–Las relaciones son geniales; pero el éxito también.

–Pero mira quién habla. Al menos yo tuve una relación. Tú solo tienes a tus viejitos. –Brian me empujó para que avanzara en la fila, mascullando disculpas a los que ya estaban sentados. Nos ubicamos en el centro, cerca del frente, lo que pareció complacerlo.

–Mi trabajo con los ancianos es muy gratificante –objeté en voz baja.

–Quizás, pero no como un buen matrimonio. –Se inclinó hacia mí–. Te olvidas de que inventé un dispositivo para desplazarse a mundos paralelos. Sus libros son geniales, pero mi logro es enorme.

Estamos hablando de algo que podría ganar el premio Nobel.

–Shh –le dije, porque el otro Brian sonreía y saludaba al público. Sin duda era lindo, y una versión más elegante y pulida, que lucía como una estrella de rock. Parecía tener menos de la personalidad infantil de Brian, y más de la inteligencia Tennyson, que se destacaba a la vista. En ese momento, bajaron las luces.

El presidente de la universidad lo presentó, y luego el profesor Tennyson de este mundo habló durante una hora y media sobre el cosmos, el tiempo y la simetría de espejo y algo llamado cuerdas que permitió que el universo se separara. Casi no tenía sentido para mí, salvo por la fascinación que me generaba el efecto *doppelgänger*. El hombre del escenario era el doble exacto del que estaba sentado a mi lado, y todo sucedía delante de mis propios ojos, aunque yo era la única que lo sabía.

¿Era posible que Brian me hubiera estado diciendo la verdad todo este tiempo?

¿Y la información que me había pasado Ofee?

El profesor Tennyson preguntó si había preguntas. Brian levantó la mano.

–Sí, el de allá –dijo el profesor Tennyson con una sonrisa simpática en dirección a Brian.

–Profesor Tennyson, la presentación fue en

verdad extraordinaria; ha hecho muy bien la tarea en términos de la simetría de espejo. Una pregunta: ¿cuál es su postura sobre la interpretación de múltiples universos? –preguntó Brian, fingiendo un jovial acento británico.

El profesor Tennyson se encogió de hombros.

–Mm . . . Bien, es fascinante, sin duda. Pero niega la realidad del colapso de la función de ondas.

Brian se puso de pie.

–No puede creer que la realidad es una historia con desarrollo único. Y Everett eliminó el postulado del colapso de la función de ondas de la teoría. En verdad, un trabajo brillante.

–La ecuación de Schrödinger se aplica siempre. Una invocación excelente de la navaja de Ockham –asintió el profesor Tennyson–. Desde luego, si eliminamos el colapso de la función de ondas del formalismo cuántico, entonces se debe derivar la regla de Born. Aunque Deutsch hizo un buen trabajo en ese frente.

–¡Exactamente!

–Quizás podemos pasar a la próxima pregunta –intervino el presidente de Columbia.

–Una pregunta más, si puede ser. –Brian avanzó por entre los asientos para salir de la fila al pasillo. Se pasó unos mechones rubios por el hombro–. Hablemos del multiverso de nivel III.

Me abrumó una sensación de horror y, sin hacer mucho ruido, le hice gestos a Brian para que regresara al asiento. Había cuatrocientas personas mirándolo, y quizás no se suponía que los dos Brian entraran en contacto, como la materia y la antimateria, o Clark Kent y Superman, o la mantequilla de maní y el atún. Mi Brian hizo caso omiso de mi insistencia.

El profesor Tennyson parecía intrigado.

−Si el espacio es finito, solo hay una cantidad finita de multiversos de nivel I, pero igual una cantidad infinita en el nivel III.

Brian resplandecía, y gesticulaba con los dos brazos, como un director de orquesta.

−Si el espacio es infinito, hay una cantidad infinita de multiversos tanto en nivel I como en nivel III, y la misma cantidad de multiversos de nivel III y nivel I con diferencias distinguibles.

−En verdad creo que los demás asistentes . . . − empezó a decir el presidente de la universidad, pero no pudo interrumpir a los dos Brian, que estaban atraídos magnéticamente a la conversación que compartían.

−El nivel IV en verdad es una locura −afirmó el profesor Tennyson, con la mirada clavada en Brian.

−Absotivamente, afirmalutamente; una locura −admitió Brian, gesticulando. Había perdido su acento falso.

−Pero me gustaría que me dé una explicación alternativa de por qué seguimos encontrando cada vez más regularidad matemática . . . −dijo el profesor.

−¡En el mundo físico! −terminaron de decir ambos Brian en voces idénticas, sonriéndose.

−Eso lleva a la pregunta −afirmó Brian−. ¿Cuál es el tipo de comida favorita de un físico nuclear?

−La comida fusión, por supuesto −afirmó el profesor Tennyson−. Lo que me recuerda esa vez que dos electrones estaban sentados en un banco de plaza. Viene otro electrón y les dice: "Hola, ¿me puedo sentar con ustedes?". Y los electrones le dicen: "No, claro que no; no somos bosones". ¿Sabe? Me enteré de que va a dar un seminario sobre viajar en el tiempo hace dos semanas −continuó Brian−. En verdad me gustaría ir. Todavía es posible que haya ido.

El doctor Tennyson rió.

−¿Por qué la gallina . . .?

−Caballeros, es mejor que sigan con este debate después de la sesión de preguntas −insistió el presidente de Columbia con firmeza−. Hay otras personas que quieren hacer preguntas.

−¡Ven aquí, ya mismo! −espeté, gesticulando con vehemencia.

El profesor Tennyson me vio, y su mirada se cruzó con la mía. Se ruborizó desde el cuello hasta las entradas de su inmaculado cabello.

–¡Tú! –dijo, en tono de completo horror.

Me tapé la cara con las manos y me hundí en el asiento.

Por suerte, uno que estaba sentado detrás de mí pensó que era su oportunidad de hacer una pregunta, y se puso de pie para preguntar algo sobre la escala de Planck y la supersimetría.

Brian, que parecía el gato que se comió al pajarito homónimo, se deslizó para sentarse a mi lado. Me puso la mano sobre el hombro y me guió el ojo.

–¿Ahora sí me crees?

–¿En serio? ¿Tenías que llamar así la atención? –susurré–. Ahora me ha visto. Creo que vio el video; mira cómo se le desvían los ojos, me ve y se pone todo colorado.

–Bueno, si lo vio, debería agradecerme, porque lo convertí en un símbolo sexual –afirmó Brian, con expresión complacida.

–Ya lo era para todas las científicas nerd del mundo entero –murmuré.

Brian me miró con expresión herida.

–Solo porque nadie conoce mi trabajo sobre la decoherencia no quiere decir que yo sea menos impactante. En realidad es más importante. Podemos acercarnos y hablar con él cuando termine la conferencia. Es un tipo agradable. –Brian me pasó el brazo por sobre el hombro y me estrujó suavemente-. ¿Y después sabes qué haremos?

-No tengo idea. -Las posibilidades de lo que podía llegar a hacer mi Brian eran, literalmente, infinitas. Me preparé para lo que fuera.

-Lo único que puedes hacer cuando estás en la ruina, no tienes hogar, eres una artista rechazada y además actriz porno . . .

-En estado de shock porque tú tienes un doble - agregué. De repente, me sentí más animada. Pensé que sabía hacia dónde iba Brian, y era el tipo de solución que me gustaba-. ¿Vamos a emborracharnos?

Brian sonrió.

-¡A emborracharnos y cantar!

Antes de que finalizara la conferencia, finalmente entendí, en un instante de claridad suprema, lo que estaba pasando. El famoso e inmaculado profesor era el hermano gemelo de Brian. Brian seguramente estaba celoso de él, e inventó la historia de los mundos paralelos al sufrir el brote psicótico. Me daba lástima, que estuviera tan desesperado por el reconocimiento de los demás.

Bajo amenaza de no tener más sexo, le prohibí que se volviera a acercar al profesor, pues no quería estar en medio de un empalagoso encuentro familiar, y arrastré a Brian al exterior, en busca del trago que me había prometido.

25

Justifica
mi amor

Nos metimos en el bar de karaoke más barato de la ciudad, una especie de tugurio en el Lower East Side, donde me senté a una mesa regada de vasos de shot.

Brian se subió al escenario y comenzó a cantar, desafinando, mientras meneaba las caderas al ritmo del himno de Guns N' Roses que había decidido aullar. Tan mal cantaba que los demás clientes, con toda su elegancia, y eso que casi todos eran bastante cavernícolas, se quedaron mirándolo boquiabiertos sin poder creerlo.

—Le voy a arrojar una botella —gritó un borracho.

—¿Se supone que es gracioso o solo es un desastre? —exigió saber una mujer excedida de copas.

—Miren; es en serio —dijo un motoquero alimentado por la alegría etílica.

—¡Tírenle botellas! —gritó el primer borracho.

Me puse de pie de un salto y corrí al escenario.

—¡Brian, eres genial! Ahora me toca a mí.

Brian me tomó entre sus brazos, me hizo caer hacia atrás y me besó apasionadamente.

Del público brotaron silbidos, abucheos y vitoreo. Esta actuación era mucho más del agrado de los presentes.

Debería recomendarles cierto video artístico.

Finalmente logré apartar a Brian, que levantó los brazos por sobre la cabeza en un gesto de triunfo. Saltó de la plataforma y corrió por entre la multitud, chocando la mano de nuestros camaradas neandertales. Me volví hacia la Macbook Pro que estaba sobre un parlante, desde la que se seleccionaba la música. Elegí una canción.

Ya que estaba, sería mejor actuar como corresponde. Los acordes sensuales de mi canción favorita de Madonna me envolvieron. Me desabotoné la blusa para dejar ver el escote, y luego me la até a la cintura, para dejar la panza al aire. Ya que estaba en el baile, debía bailar, ¿no? ¿Acaso no había sido ese siempre mi lema?

¿No era ya hora de buscar mejores lemas?

¿Cuán borracha estaba? Ignoré la sensación de náuseas que me empezaba a revolver el estómago. Era tan buena bebiendo como en la cama; en palabras de Cliff, entusiasta pero trillada.

La música avanzó y me pasé los dedos por el pelo, agitándolo para lograr una melena rebelde.

–*I wanna kiss you in Paris, I wanna hold your hand in Rome, I wanna run naked in a rainstorm, make love in a train cross-country. You put this in me, so now what?*

Desde nuestra mesa, Brian parecía asombrado. Por una vez, lo había dejado estupefacto. Ahora era mi turno, ¿o no? Sentí una maliciosa motivación, que me impulsó a contornearme de manera más seductora. Meneé las caderas, retorciéndome y latiendo al ritmo de la música.

El público chilló. Me adoraban.

Brian abrió los ojos como platos.

–*What are you gonna do? Talk to me, tell me your dreams, am I in them?* –canteé.

El público rugió con aprobación. Quizás había sido muy dura con ellos. ¿No eran adorables en realidad?

Brian se levantó de la silla de un salto y salió corriendo del bar.

26

Corre (Brian en este mundo)

En la calle oscura, Brian caminaba de un lado para el otro. Tessa salió a su encuentro, tambaleándose y caminando en zigzag.

–Brian, ¿qué pasa? –le preguntó con dificultad.

–Esa canción tiene un significado especial para nosotros en mi mundo –dijo. El recuerdo de ese significado renovó el dolor una vez más, lo hundió en esa angustia familiar constante de pérdida y soledad. Le recordó una vez más lo que había perdido; no solo a su esposa, sino toda su fe esencial en la bondad de las cosas. Tragó con dificultad–. Es . . . es como nuestra canción.

Ella emitió una risita.

–Puede ser nuestra canción también. *I wanna kiss you in Paris* . . . –empezó a cantar.

¿Cuál era el problema de ella? ¿No podía ver que Brian tenía sentimientos? ¿No entendía por lo que había pasado?-. Dios, Tessa, en mi mundo eres más sensible.

-No, ya no -respondió ella, pronunciando las palabras con exagerado cuidado-. En tu mundo estoy muerta, ¿recuerdas? ¿Ves gente muerta? Buuuuu . . . Buuuuu. -Empezó a bailar mientras reía entre dientes. Y luego sonó el celular.

-¡Ofee! Te amo. Besos, abrazos -gritó, como si Ofee estuviera medio sordo.

Luego dejó caer el teléfono y se tambaleó.

Brian tomó el teléfono y lo puso en la mano de Tessa, que apretó los dedos para agarrarlo y presionó el altavoz sin querer.

-Tessa, tenía que llamarte. Me acordé algo del tipo por el que me preguntaste -dijo Ofee.

Brian tuvo una intensa imagen de Ofee retorcido en una imposible postura de yoga, mientras sostenía el teléfono con el pie.

-Brian, está loco, pero es un loco sexy. -Tessa miró seductoramente a Brian, que de repente sintió náuseas.

-Tessy, escúchame; está más loco de lo que crees. Me dijo Norma que, cuando se lo llevaron, encontraron miles de fotos en su apartamento, de una mujer a la que acosaba. Escribió ensayos sobre las cosas desagradables que le quería hacer.

—¿Qué? —exigió Brian—. ¡Ese no soy yo! No soy un asesino psicópata . . .

—¿Estás con él? —gritó Ofee—. ¡Tessy, corre!

—Brian, dime la verdad —dijo Tessa, retorciendo la cara en un gesto de ferocidad excesiva—. ¿Tienes un gemelo idéntico? ¿Y por cuánto tiempo me seguiste hasta que te vi ese día por la calle?

Brian hubiera respondido, pero Tessa de repente pareció descompuesta y a punto de perder el equilibrio. Se le cayó el celular al piso, y la llamada se cortó.

"Brian —gimió, le vomitó encima y se arrojó a sus brazos.

Brian luchó por levantarla hasta ponérsela sobre el hombro. Gruñó, tratando de ubicarla en una posición relativamente cómoda.

—El fin no es la contemplación de algo bello, sino una experiencia de naturaleza carnal y primitiva —dijo una voz a sus espaldas.

Brian se dio vuelta lentamente.

—Guy. ¿Qué haces aquí?

—Quiero esa pieza. —Guy emergió de entre las sombras para ponerse a su lado—. Ya tengo un comprador esperando.

—Dile a tu comprador que no podrá ser.

Guy sacó su navaja y la contempló con expresión

de reverencia. Probó el filo con el pulgar y asintió con satisfacción.

—Nadie se retracta de un acuerdo conmigo. No hay segundas oportunidades.

—Siempre hay una segunda oportunidad —afirmó Brian. Tambaleó un poco, acomodando a Tessa para que la mandíbula de ella no se le clavara en el omóplato—. Danos un poco de tiempo.

—Está atravesada por una doble cesura. Tu linda novia necesita el pulgar para trabajar. Lo sé por experiencia.

—No tengo novia. ¡Yo le soy fiel a mi esposa! —escupió Brian.

—Tendrás que rendirte ante el sincretismo y el politeísmo absoluto e incontenible de las consecuencias. Como todos. —Las cejas de Guy se elevaron y se encogió de hombros, lo que fue mucho más elocuente de lo que alguna vez lograría con las palabras—. La quiero. Para mañana. O ya verán.

21

La belleza del Kol Nidrei en los mundos alternativos de Brian

Era una típica vivienda de ghetto universitario para profesores adjuntos, el tipo de apartamento dilapidado y de mala calidad que hacía que Brian deseara que le fuera mejor para conseguir otra cosa. Su esposa merecía mucho más que eso. Él debería ser capaz de dárselo, de darle la vida de riqueza y elegancia que ella merecía. Pero no trabajaba todo lo que debería, porque prefería pasar tiempo con ella. Había descuidado sus tareas de investigación y, para ser sincero consigo mismo, incluso enseñaba en forma bastante mecánica.

Se quedó de pie mirándola mientras ella practicaba el chelo. Tocaba los acordes melancólicos de Kol Nidrei, pena y expiación, finales y comienzos, y se veía hermosa y pacífica, melodiosa y segura de sí misma.

Sonó el teléfono. De un salto, Brian se dirigió

a la cocina, que tenía el tamaño de un clóset, para atender. Una voz profesional pidió hablar con Tessa en tono eficiente. A Brian le pareció que la llamada era importante, así que cruzó la sala para alcanzarle el teléfono.

—Tessa, disculpa la interrupción. Sé que tienes que tocar en la sinagoga mañana a la noche.

El rostro de su esposa se iluminó con la chispa que Brian tanto amaba.

—Sí, un trabajo pago —respondió.

—La sinagoga es afortunada en tenerte allí. Llaman del consultorio del médico. Tienes que atender; parece importante.

Tessa apoyó el chelo y el arco. Al ver la expresión de Brian, soltó una risita.

—Te preocupas demasiado, tontito. Tengo un virus molesto; es todo.

Lo besó, un gesto despreocupado y afectuoso que hablaba tanto de los años compartidos como de los tantos por venir. Tomó el teléfono con una sonrisa.

El arco del chelo se cayó de la silla sin que nadie lo tocara, como un ala negra que flotó en el aire hasta caer al suelo en cámara lenta con un repiqueteo final.

Brian tuvo una intuición repentina y estremecedora.

28

Papel maché (Brian otra vez, todavía, y más)

Brian acomodó a Tessa en el futón de Ofee. Le había puesto una camiseta limpia y limpiado la cara con una toalla, apartándole el pelo de las mejillas.

¿Cómo era posible que fuera tan parecida físicamente a su esposa, pero tan diferente? No sabía dónde estaba parada y su vida era un caos total. Su Tessa era mucho más calma.

Al menos seguía siendo Tessa.

La ropa de Brian estaba sucia de vómito. Se desvistió y se acostó junto a Tessa. Le rodeó el cuerpo quieto con los brazos, sin poder resistirse a apretujarla apenas. Tessa protestó en sueños.

—Por favor, no me vomites encima —murmuró Brian—. Solo quiero abrazarte como antes.

A modo de respuesta, se oyó un ronquido.

Brian recordó las tantas veces que se había

acurrucado contra su esposa, sintiendo su cuerpo dulce y firme contra el suyo, haciendo que todo estuviera bien, demostrando que la esencia del universo era tan buena como él pensaba.

¿Alguna vez se volvería a sentir así?

Con Tessa entre sus brazos, Brian se sentía dolorido y desvelado. Si tan solo pudiera abrazar a su Tessa una vez más. Todo estaría mucho mejor. Quizás podría seguir adelante.

Sonó el celular de Tessa. Brian protestó, pero giró y salió de la cama para tomar el teléfono, que estaba en la mesita de luz.

–¿Hola?

–¿Habla Brian? ¿Dónde está Tessa? –exigió saber Frances Gates.

–Frances, ¿qué tal? –respondió Brian–. Todavía sigo pensando en ese traje tan elegante. Es ridículamente increíble.

–Gracias, Brian, eres un encanto, pero quiero hablar con la mujer que se robó mi calavera de Cliff Bucknell. Me prometiste que me la devolvería. Quiero mi pieza.

–Escucha, acerca de eso, hay algo que deberías saber.

–No necesito saber nada, Brian. Quiero la pieza para mañana al mediodía, o llamo a la policía. ¡Esto es un asunto de negocios! –Frances colgó.

Brian se quedó mirando a Tessa, que dormía plácidamente. No se podían ocultar de Frances, ni de Guy. Bostezó y se estiró, caminó hasta la cocina y buscó en los cajones y alacenas de Ofee.

29

Arte ligero, descafeinado

Al menos la habitación ya no daba vueltas. El futón también había aceptado quedarse quieto. Logré sentarme y me tomé la cabeza con los brazos. Después de unos segundos de quejarme lastimeramente, estaba lista para ponerme de pie. Casi.

Brian estaba encorvado sobre la mesa de Ofee. Estaba ocupado con algo y tenía puesta una camiseta que le quedaba chica. De él emanaba un olor acre, con atisbos de vetiver y vómito. ¿O sería de la pila de ropa empapada que había junto a la cama?

–Aquí no hay nada con cafeína –recordé.

–Sí, ya me fijé. ¿Ofee es alérgico? –preguntó Brian.

–Se opone por motivos filosóficos. Ay, creo que me voy a morir.

–No es gracioso –masculló Brian.

Me reí, aunque fue doloroso.

—Ay.

Me senté frente a Brian y vi lo que estaba haciendo: dos objetos grumosos de papel maché. Después de mirarlos un buen rato, mis ojos, que se sentían arenosos y doloridos, reconocieron lo que eran: calaveras. En la mesa, junto al codo de Brian, había un cuenco de agua y un libro al que le habían arrancado las hojas en tiras.

—Mi mamá dijo que no había una mejor o peor manera de hacer esto, pero la verdad es que empiezo a tener serias dudas.

—¿Calaveras?

—Anoche, después de que quedaras inconsciente, apareció Guy. Tiene una navaja que parece filosa. Y llamó Frances. Está un poquito enojado porque no le devolviste la calavera. En realidad, está furioso. Quiero aplacarlo un poco. A Guy también. No quiero que estés en peligro. —Brian me miró con gesto preocupado. Tenía grandes ojeras debajo de los ojos, que se veían hundidos en el cráneo, y el pelo más desmarañado que nunca. No había dormido mucho, aunque yo recordaba vagamente que había estado en la cama conmigo.

Pensar me hacía doler el cerebro, que ya estaba bastante atontado.

—¿Cómo consiguió mi número Frances?

-Yo se lo di -dijo Brian, con una sonrisa burlona ante mi pregunta obvia-. Nunca pensé que no le devolverías la pieza de arte. Oh. Fruncí el ceño y traté de concentrarme. ¿Se me estaban poniendo bizcos los ojos o solo estaban llenos de lágrimas? Con estas no vamos a engañar a Guy o a Frances.

-La idea no es engañarlos -explicó Brian-. Las haremos pasar como otras obras de Cliff Bucknell, nuevas.

-Pensé que no estabas de acuerdo con la falsificación.

-Sí, pero estoy a favor de mi esposa. No estoy de acuerdo con lo que hiciste, pero estás en problemas, y debo ayudarte a salir adelante. ¿Piensas que estas pueden valer un millón de dólares?

-No -negué con la cabeza. Esta vez se me llenaron los ojos de lágrimas de verdad, y no pude contenerlas-. ¡Sí! ¡Nunca nadie hizo algo tan dulce por mí! -Me puse de pie y lo abracé. Como es natural, aprovechó para manosearme el trasero, pero no me importó-. Ni siquiera me importa que seas un acosador psicótico con un hermano gemelo que está planeando asesinarme y arrojar mi cuerpo descuartizado al río Hudson.

Brian suspiró. Se soltó de mi abrazo y me miró intensamente.

−Tessa, tenemos que hablar de tu vida de fantasía. Estás tomando caminos algo negativos. No tienes que darle esa forma a tu universo. La elección juega un papel importante en la decoherencia macroscópica.

Besé la coronilla de su melena despeinada.

−Estás loco, pero eres maravilloso. A ver, déjame arreglarlas, si no te importa. Mis manos se mueren por tomar el control.

Para el mediodía, supe que todavía conservaba mi antigua habilidad de imitar el arte de mala calidad de los demás. Nunca había deseado tener semejante talento y no lo apreciaba, pero seguía conmigo, como un afta en el labio o una permanente mal hecha.

Las dos calaveras ahora parecían verdaderos *objets d'art*. Estaban cubiertas de purpurina, con ojos de canicas, que te miraban fijamente. Habíamos encontrado la purpurina, las canicas y otros objetos extraños de manualidades en la casa de Ofee.

Brian se quedó boquiabierto, sin poder creerlo.

−Vas a estar bien; tienes talento. Estas son iguales a la verdadera; yo nunca podría hacer algo tan bueno. En ningún universo.

−Tampoco sabes cantar ni hacer magia −le dije, sonriendo, mientras les daba los toques finales a las calaveras. Mis dedos se movían por las caras con pericia.

Brian fingió estar compungido.

–Mala.

–Tonto.

–Sádica.

–Mártir.

–¿Mártir? –Se veía herido.

–¿Qué palabra significa deleitarse con el propio dolor y sufrimiento? –No podía ocuparme de la conversación mientras estaba haciendo una obra maestra. Dos en realidad.

–¡Masoquista, y yo no lo soy!

–Por favor –dije con un resoplido–. Estás enamorado de tu esposa muerta. La esposa muerta que inventaste en un mundo imaginario, quizás porque tu hermano gemelo es una superestrella y necesitabas sentirte importante.

–No hay nada imaginario acerca de mis sentimientos. Duele perder a alguien que amas –dijo Brian, acalorado–. No puedes imaginarte cuánto duele. A veces no puedo respirar. Los días sin ti se extienden como una tierra baldía interminable, por siempre gris y despojada. Todos nuestros planes y sueños para una vida juntos murieron contigo. Desde el momento en que te conocí, lo único que quise fue estar contigo. Si hubieras amado a David aquí como yo te amo allí, lo entenderías.

Estudié las dos calaveras. Vaya; son buenas.

Quizás, tal vez, podrían darme, si no la redención, un poco de tiempo para ver qué hacer.

Alcé la mirada hacia Brian y vi que teníamos la misma camiseta, aunque la mía me quedaba mejor. Lo acusé con el dedo en el pecho.

–¿No encontraste otra cosa para ponerme? –bromeé–. ¿Tenemos que ser mellicitos de yoga?

–Empaqué un camisolín para ti, pero no me pareció apropiado para anoche –respondió con tono herido, sin mirarme a los ojos.

–¿Tengo un camisolín?

–En el fondo del cajón de los pijamas.

–Amaba a David –afirmé, y la antigua punzada de pérdida y remordimiento reverberó en mi pecho como un gong. Coloqué las dos calaveras en un estante cerca de la ventana, debajo de un colgante de cristal, para que se secaran–. Armé mi mundo a su alrededor. Pero incluso antes de que me dejara, nuestro matrimonio se venía desmoronando. Yo no sabía cómo arreglarlo. Solía soñar que lo necesitaba desesperadamente, pero no podía hacer que mi teléfono funcionara para llamarlo. Me despertaba en medio del pánico, llorando. Cuando se fue, tuve que enfrentarlo. Que todo entre nosotros había desaparecido ignominiosamente hacía mucho tiempo. Fue una especie de muerte, la muerte de mis sueños e ilusiones, después de todo. –Pasé los dedos por una de las calaveras, dando golpecitos a la purpurina plateada, donde se había aglutinado–. Dos calaveras, una para Frances, una para Guy. Lo pensaste bien. Eres muy listo, Brian.

Brian vino hacia mí y me abrazó por la espalda, pero no muy fuerte.

–Uno de tus dibujos muestra a dos personas que se alejan entre sí, que van a una fiesta o a un velorio, podría ser a cualquiera de los dos; hay una sensación de posibilidades.

–No están yendo a una fiesta. ¡Ay, olvídalo! –Me di vuelta para mirarlo a los ojos. Tuve un momento irreal de *déjà vu* por haber compartido tanto en tan poco tiempo. Y todo lo que hacíamos estaba revestido de una extraña sensación de familiaridad, ¿pero en realidad nos conocíamos? Supongo que aún nos estábamos conociendo.

–¿Quieres mostrarme cómo te queda el camisolín? –preguntó Brian con voz ronca, tratando de sonar juguetón.

–Me encantaría. –Sentí una oleada de desilusión, y le di un beso ligero en la punta de la nariz–. Pero tengo que ir a trabajar. Tengo que hacer miles de cosas para el baile de esta noche.

–Mira cómo me agradeces que te salvé el trasero –masculló, apartándose.

—Te escuché. Hablando de traseros, no creas que no me di cuenta de que estabas desnudo en la cama anoche.

—Me vomitaste toda la ropa. —Brian me miró con sorna.

—No en los calzones.

—Estaba kamikaze cuando me subí al dispositivo de decoherencia.

—¿Kamikaze?

—Sin ropa interior —explicó.

Me reí. Entonces, además, le creí. No sé por qué en ese momento se abrió la puerta cerrada de mi impasse interior y me llevó a un mundo mágico de fe. Así que quizás no había un gemelo idéntico. Quizás todo era tal como decía Brian: había venido de un mundo paralelo para encontrarme. La navaja de Ockham, ¿no? La explicación más simple. La explicación que le daba un nuevo brillo a todo, en especial a mi corazón.

—¿Te subiste a un invento físico radical sin ropa interior? —Solo a Brian se le ocurriría.

—La ropa interior era opcional; la matemática, no. Tengo que dormirme una siesta, pero te llevaré las calaveras cuando se sequen.

—No están mal —le dije—. Quizás sirvan.

30

La impresión de inmensidad infinita

La tarde fue un torbellino de actividad en la iglesia colegiada. Ayudé a los voluntarios a colgar guirnaldas de papel crepé y a servir la comida en la mesa. Me subí a una escalera y colgué una bola de discoteca plateada con un millón de facetas. Barrimos, limpiamos y enviamos recordatorios por correo electrónico para que la gente viniera al baile.

Cerca de la hora de la cena, Brian llegó con una caja. La llevamos a mi oficina y luego nos servimos agua Pellegrino, pastelitos y pan de zucchini.

Después de comer y hacer algunas cosas más, me fui a cambiar a un baño. Cuando salí, tenía puesta una camisola de seda negra con breteles finitos y una falda de seda vaporosa. Me había olvidado de que tenía un atuendo tan femenino y seductor en mi guardarropa; Brian lo había metido en la maleta y yo lo había traído en la bandolera para ponérmelo en el baile.

Llegaron Chad y Jordan con un grupo de empleados de la tienda de Apple. Sentí que me abrumaba la vergüenza, pero erguí la espalda y levanté el mentón con expresión desafiante. Me negaba a caer en los antiguos sentimientos negativos. En algún momento tenía que dejarlos ir. Parecía más fácil hacerlo con Brian mirándome con la boca abierta.

–Doctor Tennyson –lo llamó Jordan.

Pero Brian estaba fascinado de verme.

–Guau, Tessa; ¡te ves hermosa! Odio verte en esa ropa sin forma que usas para trabajar. Pareces una empleada bancaria; no tú.

El reverendo Pincek se nos acercó.

–En verdad te ves encantadora esta noche, Tessa. –Me sonrió y luego se marchó a recibir a los invitados, que estaban entrando después de pagar la entrada a Joan y a los demás voluntarios que estaban en la puerta.

Los nerds de la tienda de Apple se congregaron a nuestro alrededor, aunque para Brian y yo solo existíamos nosotros.

–Hola, doctor Tennyson, Tessa. ¿Hoy nadie va a andar tirando zapatos? Quizás otro video, ¿jeje? El primero tuvo más de dos millones de clics en YouTube.

–Hoy pasé por la tienda y los invité –me dijo Brian como si no estuvieran presentes–. Pensé que a la iglesia le vendría bien el dinero.

—Trajimos copias de su libro para que las firme, doctor Tennyson —decía Chad.

Eso sacó a Brian de su ensoñación conmigo.

—Claro, también puedo firmar pechos, en especial si son turgentes.

Los genios se rieron y rodearon a Brian con entusiasmo, mientras él bromeaba y charloteaba, firmando los libros.

De los parlantes empezó a brotar música estilo Big Band. La gente de todas las edades salió a la pista: niñitos que se movían con graciosa torpeza infantil, adolescentes, adultos, hasta James se movía con su andador, siguiendo el compás con la cabeza.

En la puerta la gente hacía fila, esperando para pagar y entrar.

La velada era todo un éxito, sin duda. Parecía mi primera victoria en mucho tiempo de desolación, y la disfruté. Me deleité con todo lo que me rodeaba: el salón, la gente que bailaba y charlaba, las guirnaldas de colores, las luces titilantes de la bola de disco. IMAGEN: Una pintura. *Un salón con una bola brillante de varias facetas en el centro, que desparrama la luz, y siluetas danzantes. Dos paredes que se abren hacia un paisaje montañoso mágico, y un hombre y una mujer que giran juntos hacia una cresta alta y bella. Él se parece a Brian, y toda la imagen alucinante tiene reminiscencias de Chagall.*

¿Chagall?

−Eh, soñadora, ¿me concedes este baile? −Era Brian, y yo ni siquiera lo había visto acercarse. Me tomó entre sus brazos.

−No aceptarás un "no" por respuesta −dije, acurrucándome más contra él.

−Nunca lo acepto cuando de ti se trata. −Con gracia, me deslizó en un perfecto paso de vals.

−No sé bailar esto.

−Yo te guío. Déjame hacerlo por esta vez −respondió secamente.

Me estaba aflojando con él, cuando sentí que alguien nos miraba. Se me erizó el pelo de la nuca. Miré a mi alrededor y vislumbré una figura solitaria apoyada contra la pared, fumando.

−Guy está aquí −le susurré a Brian.

Brian se puso tenso y luego me soltó.

−Hora del show.

Avanzamos por entre la multitud de gente hasta donde estaba Guy, que me tomó con fuerza.

−¿Dónde está? ¡Dámela ahora!

−Me estás lastimando −le dije, luchando por soltarme.

−Déjala −ladró Brian−. La tenemos. −Hizo una seña.

Guy me arrastró para seguirlo a Brian. Entramos a mi oficina de la iglesia. Guy cerró la puerta con gesto funesto.

Metí la mano en la caja de cartón y, con cuidado, saqué una de las calaveras.

–Aquí tienes.

–¡*Voilà*, una calavera de Cliff Bucknell! –dijo Brian con fanfarria.

Guy examinó el cráneo de purpurina, haciéndolo girar entre sus manos. Su expresión rústica se suavizó un poco, y pensé que la aceptaría.

–Lo que conmueve el espíritu no es la impresión de inmensidad infinita, sino de poder infinito. –Aplastó mi obra de arte contra el escritorio, golpeándola con el puño. Rápidamente, me tomó la mano derecha y la inmovilizó contra el escritorio. Alzó la navaja.

Grité. Nadie me podía oír con la música.

Brian se lanzó sobre Guy.

–¡Espera! ¡Está en su apartamento!

Guy hizo a un lado a Brian con el mismo esfuerzo de un oso que aparta a un perrito, y luego lo pateó.

–¿Qué hace ahí?

–Me desalojaron –grité–. No tengo un peso. Hace años que no pago mi cuenta de la cooperativa.

Guy hizo una mueca de desagrado.

–Incluso con un retorno neopitagórico de la estética de la proporción y el número que funciona contra la sensibilidad actual, nunca ibas a convertirte en una artista lo suficientemente buena como para hacer dinero con tus pinturas.

–Creí que tenía talento. Supongo que me estaba engañando a mí misma.

–Tu talento es la falsificación. Lo sé; trabajo con arte todo el tiempo. –Cuando Brian intentó levantarse, Guy lo pateó un par de veces más. Luego le apoyó el pie con fuerza contra el pecho.

–¡No quiero ser una falsificadora! –grité–. Quiero más que eso.

–Tienes escaso talento para la pornografía. Me pareciste insípida, personalmente. –Guy se encogió de hombros–. Los sentimientos no son una mera perturbación de la mente, sino que expresan, junto con la razón y la sensibilidad, una tercera facultad de la humanidad.

–No soy actriz porno; soy una artista. –Ahora las lágrimas me caían a borbotones, lágrimas y mocos que sacudían todo mi cuerpo.

–Si no me das la calavera, vas a ser una falsificadora de obras de arte sin pulgares. Ahora.

–Ya no sé qué hacer –dije, quebrada–. Todo lo que intento fracasa. Quizás sea mejor que me cortes los pulgares. Quizás me lo merezco después de todo lo que hice. Por hacer esa estúpida calavera a Cliff y todas sus obras cuando estaba enfermo. Por posar para el tributo a Warhol. David hizo bien en dejarme. Fui tan tonta.

—Como gustes —respondió Guy. Levantó la mano con la navaja.

Brian se escurrió por debajo del pie de Guy y logró soltarse, luego saltó para tomarlo del brazo.

—¡No! ¡No puedes rendirte ahora, Tessa! —Él y Guy lucharon por la navaja de Guy.

—¿Qué quieres de mí? —sollocé.

Guy le dio un manotazo a Brian, que fue a dar contra la pared con un golpe atronador. Guy se rió y me tomó la mano.

—Yo quiero unos pulgares para agregar a mi colección. O la calavera original de Bucknell, aunque la hayas hecho tú.

—Tessa, piensa; vamos —me instó Brian, que se agarraba las costillas.

—¡Podemos forzar la cerradura de mi apartamento y te daré la calavera!

Guy pensó un momento. Me soltó la mano, pero me aferró el codo con fuerza, hasta causarme dolor.

Brian salió primero de la oficina, y nosotros lo seguimos por entre la música y la gente, hacia la puerta. Me pasé el dorso de la mano por la cara cubierta de lágrimas.

De repente Brian giró la cabeza. Dio una

vuelta y tomó un sombrero de ala ancha de una de mis ancianas. Luego se puso detrás de nosotros, agachándose.

Guy entrecerró los ojos y escudriñó el salón, sin dejar de aferrarme del brazo.

Me retorcí entre las manos despiadadas del hombre, tratando de ver qué había llevado a Brian a actuar de manera tan extraña en la situación más espantosa e inoportuna posible.

Un segundo después, vi pasar al profesor Brian Tennyson.

–¡Brian! –exclamé.

–¿Sí? –dijeron a coro los dos Brian.

Pero Guy me empujó hacia delante, y seguimos caminando.

Intenté mirar por encima del hombro.

Mi Brian, siempre listo para aprovechar el momento, se bajó el ala del sombrero prestado y se acercó al profesor.

–¿Me permite decirle, profesor, lo brillante que es usted? No solo brillante, sino también muy apuesto. Un comentario rápido: tensores métricos en decoherencia macroscópica.

–Hace tiempo que me atrae el tema, pero estuve demasiado ocupado, con la presentación de los libros, y escalar en roca . . . –comenzó a explicar el profesor Tennyson.

—¡Ordene sus prioridades! –ladró mi Brian–. ¡Lo que importa es el amor! –Esas palabras parecieron revitalizarlo, como la espinaca a Popeye. Con la testosterona elevada y lista para dar batalla, corrió hasta ponerse delante de Guy y de mí.

Pero un destello de luces y el aullar de una sirena interrumpieron el momento. Un patrullero estacionó frente a la puerta. Guy me guió para esquivarlo y me metió en un taxi. Brian corrió tras de nosotros, pero el taxi arrancó con un chirrido de llantas.

31

Lo sublime se vuelve resbaladizo con WD-40

Abrí la puerta de un empujón. En el piso, a mi lado, había una lima, un juego de púas y una lata de WD-40.

–Es mi apartamento. Soy la dueña. No pueden evitar que entre sin una orden judicial y un oficial de justicia.

Brian llegó, jadeando.

–Tessa, ¿cómo hiciste para entrar?

No le respondí. Brian era listo; se daría cuenta por sí solo. Me invadió una oleada de renovada determinación cuando, con cuidado, desprendí el aviso de desalojo con el paisaje pintado encima, para quitarlo de la puerta.

–El resultado racional de la experiencia de lo sublime es el reconocimiento de la independencia de la razón humana respecto de la naturaleza. Es decir, Tessa ayudó a Bucknell con todo tipo de cosas. –Guy rió entre dientes–. Tiene sus destrezas.

−Tessa, ¿contrabandeaste las obras de arte que falsificabas? −preguntó Brian, horrorizado−. ¡Ya casi no te conozco!

Estaba a punto de responderle secamente a Brian. Por supuesto que nunca había contrabandeado nada. Pero había forzado la cerradura del apartamento de Cliff en Soho y de su taller en Catskills e, incluso lo que era más memorable, de su casa de playa en East Hampton, cuando él estaba demasiado destruido como para llegar a su casa en forma segura. Pero en ese momento sonó mi celular. Atendí sin pensar.

Guy me apoyó una mano de advertencia en el hombro. No tenía por qué preocuparse; no era el tipo de llamado que me pudiera salvar de una situación así. Mi cuerpo se estremeció por el golpe y cerré los ojos. Murmuré algo, atontada.

−Era el reverendo Pincek. Murió la señora Leibowitz.

−¿A quién le importa una vieja? −gruñó Guy−. Lo que importa es el arte. Dame la puta calavera del millón de dólares.

Un momento después, eso fue lo que hice. La pieza estaba en la alacena de la cocina, exactamente donde Brian había dicho. La saqué, y me hizo un guiño, como si reconociera nuestros viejos secretos. Se la entregué a Guy.

Guy dio una última pitada a su cigarrillo y luego

lo apagó en el fregadero de la cocina. No apartó en ningún momento los ojos de la calavera-. Tengo un comprador que está dispuesto a pagar doscientos mil dólares. Nuestro viejo arreglo, Tessa; te daré la mitad. Aunque me causaste tantos problemas, que debería imponer un impuesto al dolor y el sufrimiento.

-Es dinero manchado con sangre -afirmó Brian en tono feroz.

-¿Qué limitación puede impedir no solo la reducción de las cosas sino de las personas al nivel de objetos, que se pueden manipular, explotar, modificar o cuantificar? -preguntó Guy.

-Es dinero del arte -dije, cansada-. No quiere decir nada. No tiene nada que ver con la calidad del arte.

En ese preciso momento, se oyeron golpes a la puerta.

-¡Policía! ¡Abran la puerta! -ordenó una voz estentórea.

Guy metió la calavera en un bolso, corrió hacia la ventana de la sala y comenzó a salir.

Tomé a Brian del brazo.

-¡Brian! Tú también debes irte.

-Tengo que cuidar de ti -murmuró.

-Yo me puedo cuidar sola.

Los golpes se volvieron más insistentes. Arrastré a Brian hasta la ventana.

–Ay, ¿estamos en un cuarto piso? Nunca aprendí a escalar y la fuerza es igual a masa por la aceleración. Si me caigo . . .

Pero no iba a ceder. Tenía que irse ahora, era lo mejor para él. Y yo siempre sabía lo que era más conveniente para los demás.

–Hay lugares de donde agarrarse hasta el piso. ¡Profesor, use la decoherencia para salir por esa ventana! –Lo empujé.

Brian se escabulló. Me dirigió una última mirada implorante por sobre el alféizar.

–Mi esposa nunca me empujaría por la ventana.

–¡Ya te lo dije! ¡No soy tu esposa! –escupí.

Tomé la pintura que estaba sobre la mesa. Corrí hacia el dormitorio, abrí un cajón de un tirón y saqué una hoja de papel, escrita y firmada nada más y nada menos que por Cliff Bucknell. Enrollé las dos hojas de papel juntas y me enganché el rollito en la cintura de la falda. Luego volví a la sala y abrí la puerta a dos oficiales de la policía de Nueva York.

–¿Tessa Barnum? Queda arrestada por el hurto de mercadería valiosa de la galería Gates. Tiene derecho a guardar silencio . . .

Mientras me ponían las esposas, me consolé con la idea de que habían usado la palabra "mercadería" y no "obra de arte".

32

La profesión más antigua del mundo: la falsificación

Me encontraba en una celda con tres prostitutas, que me miraban intrigadas. Yo les devolvía la misma mirada curiosa. De algún modo, aunque pareciera increíble, dadas las circunstancias, me sentía sumamente optimista. Estaba un algo triste y enfadada, pero en general me sentía más viva y decidida de lo que me había sentido en años.

La primera prostituta, que tenía puestas medias de red, una minifalda de piel sintética y un top ajustado, dijo:

—Tú debes de ser de lujo. ¿Cuánto cobras? ¿Mil la noche?

—Me metieron por una obra artística —respondí.

La mujer emitió una risita.

—¿Ahora lo llaman así? ¡Qué elegante! ¿Cuánto cobras?

—Me robé una obra de arte. Literalmente.

La prostituta número dos, que tenía nuez de Adán y curvas extravagantemente femeninas, enfundadas en un catsuit negro elastizado, me miraba con expresión burlona hacía una hora. De repente se le iluminó el rostro.

—Te conozco. ¡Eres la chica del video porno, la del tatuaje en el culo!

—En el sacro —afirmé—. No es un tatuaje.

La tercera mujer, que tenía un vestido dorado ceñido al cuerpo, se sentó erguida en el banco.

—Sí, eres tú. No se te ve mucho la cara en el video de YouTube, por todas las posiciones diferentes, pero ahora te reconozco. ¿Subiste los precios después de eso?

Medias de red me guiñó el ojo.

—Qué buen lugar para hacerte un tatuaje. Muy sexy.

—Es una marca de nacimiento. Está más arriba; no en el trasero.

—¿Eres demasiado buena para hacerte un tatuaje en el culo? —exigió saber Vestido Ceñido, con tono desafiante. Las otras dos murmuraron algo de mi esnobismo.

Me reí. Si tan solo supieran.

—No soy lo suficientemente buena como para merecer un tatuaje en el trasero. —Eso las hizo callar.

—Tienes un culo hermoso —dijo Nuez de Adán, después de unos minutos—. Yo tengo que hacer algo; tengo el culo gigante.

Ahora no pude evitar sonreír con tristeza. ¿No había tenido yo misma esa conversación hace poco?

—Tu culo está perfecto —le aseguré a Nuez de Adán con énfasis—. Una amiga mía dice que a los hombres les gustan los traseros grandes. Creo que tenía razón.

—Gracias, linda —me dijo.

—Yo me voy a agrandar el culo —decidió Medias de Red—. En el video, tu trasero se lucía bien, redondeadito y lindo. ¿Te generó más clientes?

—Lo de Internet fue un accidente.

—Los accidentes no existen, linda —acotó Nuez de Adán.

—No creo que el video me trajera más clientes si me dedicara a eso —masmullé, con mi antigua sensación de desesperanza—. Creo que se me ve, bueno, entusiasta e idealista, pero trillada. No muy buena en la cama.

Las damas rompieron en risitas.

—¿Bromeas? —preguntó Medias de Red—. Con eso alcanza.

—El noventa por ciento de lo que quieren los hombres en la cama es entusiasmo —agregó Nuez de

Adán como si me diera información confidencial-.
El otro diez por ciento es sexo oral.

La miré, seria.

-¿Estás segura? Siempre pienso que las otras tienen una habilidad secreta que a mí me falta.

-"Una habilidad secreta en la cama, una habilidad secreta en la vida", pensé, pero no lo dije en voz alta.

-Créeme -afirmó Nuez de Adán-. Entusiasmo y sexo oral.

-Tienes que tener más confianza en ti misma -agregó Medias de Red-. No seas tan insegura; solo ve tras lo que quieres.

Las otras dos aprobaron el consejo y murmuraron comentarios similares.

Frances Gates llegó a la celda. Tenía puesto un traje color turquesa de seda rugosa que hacía juego con su expresión enfadada e indignada. Me fulminó con la mirada.

-No puedo creer que, de todas las personas que conoce, se atreva a llamarme a mí para que pague la fianza. ¡Yo soy el que la quiere presa!

Me aferré a las rejas.

-Le conviene escucharme, Frances; tengo derechos legales sobre esa cabeza. Tengo una carta escrita por Cliff que dice que yo la hice bajo su tutela, y que me la entrega a mí.

Frances se desinfló como un globo al que le sacan el helio.

—Odio a los falsificadores.

—Pero tengo una propuesta para hacerle —continué.

—Linda, tu propuesta no le interesa —aportó Nuez de Adán—. ¿Tienes un hermano?

Las chicas se rieron con satisfacción. Yo sofoqué una sonrisa y les hice un gesto de que se callaran. Me volví hacia Frances.

—Puedo conseguirle una cabeza.

—Yo quiero mi cabeza —protestó Frances, acongojado.

—Recuerda lo que quieren todos los hombres —gritó Medias de Red—. Los pone contentos.

Más risitas. Les hice una seña. ¿Podían callarse? Esta era una conversación importante. Después de todo, estaba siguiendo el consejo que me habían dado; estaba yendo por lo que quería.

—Frances, ¿recuerda hace tres años, esos rumores acerca de las falsificaciones de obras de Bucknell? Cuando él tuvo el colapso.

Frances pareció a punto de llorar, pero ahora se veía cauteloso, al mismo tiempo.

—Recuerdo que tuvo un colapso.

—Yo era su alumna. El tributo a Warhol: yo soy la modelo. Míreme. ¿No me reconoce?

Frances se acercó a las barras y me examinó. Lentamente su expresión cambió.

—También hice las falsificaciones —suspiré—. Cuando ni siquiera se podía levantar de la cama. Pero Cliff estaba incapacitado. Me rompía el corazón verlo así. Trataba de salvarle el pescuezo, de ayudarlo a recuperarse. Así que le terminaba los trabajos encargados.

—Escuché muchos rumores —masculló Frances—. Nadie sabía siquiera cuáles eran las obras falsificadas. Es decir, tiene un estilo claramente distinguible.

—Cliff no tiene estilo propio —grité antes de poder contenerme. Me di la cabeza contra las rejas—. ¡Ay! Ese es el punto. Es basura derivativa y espantosa.

Con una expresión de desagrado, Frances giró sobre los talones y comenzó a marcharse.

—Mejor háblale de la cabeza otra vez* —afirmó Medias de Red—. Si quieres que se quede.

—¡Espere, Frances, por favor! —exclamé.

Hizo una pausa y golpeó en el piso con el pie, luego miró la hora en su iPhone

—¿Y si hace una exposición sobre mí, como modelo, alumna, falsificadora y discípula de Cliff?

---

*Juego de palabras en inglés con la palabra "head" (cabeza, que se refiere a la calavera), que también se usa coloquialmente para referirse al sexo oral. (N. de la T.)

−¿Una exposición sobre ti? −Frances resopló.

−Sobre su influencia en mí. Tiene la obra de homenaje a Warhol. Yo puedo volver a hacer la calavera. Y tengo fotografías de las demás falsificaciones. También puede servir para dejar al descubierto las falsificaciones.

Frances se acercó un paso.

−¿Cómo haría para volver a hacer la calavera?

−Igual que la primera vez −dije, encogiéndome de hombros−. La esculpo en arcilla, hago un molde para resina. Pátina y luego le pego el estrás con cola de Elmer.

−No me van a dar un millón de dólares por eso. −Frances se veía dubitativo.

−Pero obtendría un millón de dólares en Relaciones Públicas −observé, esperando que mordiera el anzuelo−. Publicidad mundial. Cliff es una figura internacional. Hubo muchos rumores acerca de las falsificaciones. Todos estaban intrigados y horrorizados a la vez. "Brutalmente consternados" −cité con una mueca−. Lo descubrí de la peor manera.

Frances mordió el anzuelo.

−Mi galería revelaría secretos ocultos.

−Es un excelente ángulo −canturreé−. Todos querrán cubrir el evento, los medios en general y los especializados en arte. *Vogue, Arts and Antiques,*

W, *Fine Art Connoisseur*, *American Arts Quarterly*, el noticiero de la mañana.

La cara de Frances se empalideció de felicidad.

—Vendría gente de todas partes a visitar la galería. —Van a hablar de esto durante años. Le dará fama.

—Fama no, infamia. —Frances sonrió—. Siempre quise ser infame.

—También puede exhibir mis obras —dije, como al pasar, pero con tono decidido y cauteloso.

—Ay. Todos quieren ser artistas. Lo siento, hermana, pero no. Eso sí que no. —Frances hizo un gesto desdeñoso con la mano.

Metí la mano debajo de la falda, lo que generó un coro de aprobación de mis compañeras de celda, y saqué el rollito de papel. Se lo pasé a Frances por entre los barrotes.

Con una mueca de impaciencia, Frances desenrolló las hojas de papel. Primero vio la carta manuscrita de Cliff, y una expresión alicaída volvió a pasar por su rostro. Emitió una especie de gemido.

Luego vio la pintura. Alzó la cabeza, enarcó las cejas y de su cara irradió una expresión de placer luminoso.

Que Dios me ayude, porque a pesar de haber perdido la casa, el dinero y el prestigio, de ser la protagonista de un video pornográfico que circulaba por Internet, y de estar tras las rejas, ese fue el mejor momento de toda mi vida: ver a Frances cautivado por mi obra.

Ver el placer reflejado en su rostro mientras contemplaba mi paisaje hacía que todo lo que había tenido que atravesar valiera la pena.

—¿Usted hizo esto? —preguntó Frances, un tanto incrédulo—. ¿Óleo sobre papel?

—Óleo sobre aviso de desalojo —aclaré.

—Veo influencias de Turner —observó—. Interesante uso del color; la paleta me recuerda casi a los antiguos maestros, en el buen sentido, una estética florentina, pero absolutamente contemporánea también.

Las damas se acercaron, tratando de ver.

—Tengo varios lienzos —dije. De repente, mi corazón estaba alborotado de los nervios y el entusiasmo. ¿En verdad iba a exhibir mi trabajo al dueño de una importante galería de arte? ¿En verdad organizaría una exposición para mi sola? ¿Finalmente iría tras lo que quería?

—¿Todos paisajes?

—Sí, también algunos dibujos de figuras humanas. Siempre me parecieron garabatos, pero hace poco me dijeron que eran buenos. Se pueden enmarcar para exhibirlos.

—A ver, linda, queremos ver —rogó Medias de Red.

Frances levantó la pintura.

Las damas se quedaron calladas, luego se deshicieron en expresiones de admiración. Ahora eran oficialmente mis nuevas mejores amigas.

Frances me miró con expresión feroz, luego sacudió la cabeza y desapareció.

Me dejé caer en el banco y me tomé la cabeza entre los brazos.

—Ay, carajo, al menos lo intenté.

—Linda, en verdad pintas muy bien. Va a volver, ya verás —me consoló Medias de Red.

—No eres falsificadora; eres una *artista* —afirmó Nuez de Adán en tono reverencial—. Tienes que estar orgullosa.

Pero yo ya no tenía esas pretensiones. Era simplemente yo, la misma Tessa complicada de siempre, ahora en la cárcel.

—Sí, lo soy. Y además una especie de ladrona de obras de arte, o algo así. Me llevé algo que no debería, aunque me perteneciera en realidad.

—Yo robaría algo bello como eso —dijo Vestido Ceñido—. En general solo les robo dinero a mis clientes, pero me llevaría tu pintura. Es como que te llega adentro, hace que la quieras tener.

—¿De verdad? —pregunté, agradecida—. ¿Lo dices

en serio? –Era una de las cosas más lindas que nadie me hubiera dicho acerca de mi trabajo: que generaba el anhelo de tenerlo. Las tres asintieron.

–Si puedes pintar algo tan bello como eso, ¿qué es todo ese lío acerca de la cabeza y la falsificación? –quiso saber Nuez de Adán.

Me volví a desmoralizar.

–Esa es la parte triste. Puedo pintar así y, en cambio, me dediqué a falsificar obras que en verdad eran una porquería muy fea. ¿No es patético?

–Todos hemos hecho cosas que dan pena –afirmó Medias de Red–. El secreto es pedir disculpas y arreglar las cosas si es que puedes. Luego te olvidas y sigues adelante como mejor puedas.

• • •

Unas horas más tarde, Medias de Red me pintaba las uñas de los pies mientras yo dibujaba la cara de mis nuevas amigas en la pared de la celda con un labial rojo Shanghai de Nars. Aunque no quedaba bien que yo lo dijera, los esbozos eran notablemente conmovedores. Las chicas estuvieron de acuerdo.

Nuez de Adán quería sacarles una foto y aullaba que le trajeran el celular.

Pero cuando volvieron los policías, Frances venía con ellos. Dejé caer el labial y todas nos pusimos de pie.

—No sabía que había que hacer tanto papeleo para retirar cargos —afirmó Frances.

Un oficial abrió la celda.

—Vamos, Picasso. Puedes irte.

—Rafael; no Picasso —dije. Luego, porque no pude evitarlo, tuve un gesto muy de Brian. Me arrojé sobre Frances y lo estreché en un abrazo gigante.

—Suélteme —silbó Frances—. ¡Quién sabe qué enfermedades se agarró aquí!

—¡No lo lamentará; lo prometo! —dije—. Haré que gane mucho dinero.

—Me quedaré con 65% de los lienzos vendidos, y todo lo que obtengamos por la nueva cabeza —me dijo Frances.

—Dale toda la cabeza que quiera —gritó Nuez de Adán.*

No pude evitar una risita. Y después, porque sabía que Brian me mataría si no me plantaba para defenderme a mí misma, le di una palmadita a Frances, mientras sacudía la cabeza.

—Puede quedarse con el sesenta y cinco por ciento de las primeras ventas. Luego iremos cincuenta y

*Igual a la anterior. (N. de la T.)

cincuenta. Y se puede quedar con el sesenta por ciento de la calavera.

—Las primeras diez ventas —negoció Frances—. Y setenta y cinco por ciento de la calavera.

—Las primeras tres —respondí—. El sesenta y cinco por ciento.

—De acuerdo, sesenta y cinco por ciento —aceptó. Nos miramos y sonreímos, para luego darnos la mano—. Lamento lo de la calavera original —dijo con cierto pesar—. Aunque le pertenezca y no pueda venderla. Era especial; me gustaría exhibirla.

—Bueno, tengo una idea sobre qué podemos hacer para recuperarla —dije lentamente, con una oleada de inspiración. Esta vez era una inspiración pragmática. Casi no me reconocía.

—Ah, eso me gusta —comentó Frances.

—Llamaré a Guy y le diré que tengo un comprador dispuesto a pagar setecientos cincuenta mil. Organizaremos un engaño.

—Más papeleo —masculló el policía.

—Creo que me empieza a caer bien —dijo Frances—. Pero no me respire encima. Ajj . . .

—Hasta luego, damas. —Las saludé con la mano—. Llámenme para que les haga los retratos, pero les voy a tener que cobrar.

—Nada es gratis —me respondió Medias de Red a los gritos, seguidos por un coro de asentimiento.

-Te mando por mensaje de texto el nombre de la depiladora -agregó Nuez de Adán-. Tu compañero del video apreciará los beneficios de la cera. Parece un encanto. Deseoso de complacerte, sabes. Priorizó tu placer; eso entusiasma a cualquiera.

-Brian -dije. ¿Dónde estaba?

33

Canalizando a Tessa

No estaba en mi casa, donde fui a buscar el celular. Tampoco en el apartamento de Ofee.

No estaba en Central Park, que estaba iluminado y atestado de gente que se dirigía a un recital en el césped. No estaba cerca de Rat Rock.

No estaba en Riverside Park. Me paré al lado del árbol donde lo había visto esconderse el día del paseo con la señora Leibowitz. Ay, señora L. Pero no podía pensar demasiado en la tristeza ahora.

Y luego sonó mi celular. Era Ofee, ansioso por decirme algo que me tenía que contar sí o sí de inmediato. Pero yo ya sabía, porque mi corazón lo sabía.

–¡Ofee, te amo! –dije–. Lo sé. No era Brian Tennyson el que sacó esas fotos y escribió esas cosas, ni fue internado en una clínica psiquiátrica. Fue otro profesor. Me di cuenta.

¿Pero adónde iría Brian?

• • •

Me puse a pensar intensamente en Brian y la respuesta me llegó con una oleada de obviedad. Y sabía que estaba cerca porque podía sentirlo mientras subía las escaleras hacia la plaza de mármol de Lincoln Center, donde había mucha gente, rodeada de la ópera, los teatros, las salas de ballet y Juilliard. La plaza estaba bañada de luces blancas. La escena era festiva, cautivante y vibrante.

Allí estaba Brian, un observador solitario de esa colmena de personas y tránsito. A su alrededor, parecía juguetear una esfera de luz brillante, que lo distinguía de todas las demás personas de nuestro mundo. Nuestro mundo rico, exuberante, imperfecto, pero maravilloso, que era más bello porque él lo visitaba.

Crucé la plaza para sentarme a su lado.

–Ella quería tocar aquí –dijo en un susurro. Hizo una pausa–. Tocó en el Carnegie, pero quería tocar aquí. Las instituciones culturales en un solo lugar. Era importante para ella.

Ese era Brian: enamorado de su esposa, la otra Tessa. No yo. De ella, siempre de ella. Era una sensación semiamarga, y sentí una punzada de tristeza. Pero él había hecho tanto por mí que quise ayudarlo. Quizás podía aliviar su pesar.

—Debes de haber estado tan orgulloso de ella.

—Orgulloso. Hechizado. Admirado. Nunca le dije cuánto. Le decía que la amaba, pero en realidad no le dije nunca todo lo que significaba para mí. Por eso es tan difícil dejarla ir. Todavía tengo tanto para decirle. —De repente, se le pusieron los ojos brillosos por las lágrimas.

Pensé en su esposa como la había vislumbrado ese día, como un espectro que rodeaba el aura de Brian: con expresión demacrada y agonizante en sus brazos. Debió de haber sido doloroso más allá de lo imaginable. Brian había construido todo su mundo alrededor de su esposa.

Se pasó la mano por los ojos para secarse las lágrimas.

Y de repente, porque me invadió una nueva esperanza y una sensación de promesa, supe lo que podía hacer por él. Me puse de pie.

—Te puedo ayudar.

Brian me miró con expresión intrigada y sombría.

—¿Qué quieres decir?

—Viniste a este mundo para volverla a ver. Para decirle que la amas por última vez. Por eso me seguiste por todas partes.

—Sí, ¿y?

—Entonces, voy a ser ella. —Me sentía conectada con ella; la sentía cerca–. Voy a ser ella en este momento, para que puedas decirle todo lo que le quieres decir.

—¡Tessa, tú no eres mi esposa!

—Me parezco bastante como para representarla —le dije, con una sonrisa torcida.

—Es una persona completamente diferente.

—Me voy a imaginar quién sería yo si no hubiera dejado de tocar el chelo a los doce años, para empezar a dibujar. Si hubiera podido seducir al tutor de mi hermano. Si hubiera ido a Yale en vez de seguir a David a Columbia. —Me imaginaría tras cada decisión que ella hubiera tomado hasta que se deslizara en mi interior, como una mano que se mete en un guante.

Brian, un hombre dulce, estaba embebido de efervescencia natural, como cuando los rojos intensos se saturan de azul. Se puso de pie, lentamente aceptando la idea.

—Si en lugar de estudiar arte hubieras ido a New Haven y me hubieras conocido.

—Ah, esa es difícil: tú o el arte renacentista —bromeé—. Es una broma. Dame un segundo.

Retrocedí un paso, y los paseantes instintivamente se apartaron para dejarnos espacio. Cerré los ojos casi por completo, salvo por una leve ranura. Me imaginé otra vida, otras elecciones. Era fácil para mí porque había pasado mucho tiempo en mi mundo imaginario. Pero se jugaba algo muy importante: la felicidad de Brian, así que lo intenté con más ahínco. Me entregué al ejercicio con todo mi ser, con cada latido.

A mi alrededor brilló una pálida luz azul. Una imagen translúcida, como un fantasma, de otro yo, otra Tessa, más suave y segura de sí misma, dio un paso hasta ponerse a mi lado. Seguí concentrándome en esos otros caminos, los caminos no tomados.

Mi respiración se volvió más profunda y lenta, y el tiempo se detuvo. La luz azul pulsaba a mi alrededor, se intensificaba. El espacio entre latidos se estiró hasta convertirse en una eternidad, y la otra Tessa dio un paso hasta meterse en mi cuerpo. Durante un segundo, intercambiamos una sonrisa.

Luego yo salí.

—Hola, profesor —dijo Tessa, con voz burlona.

Brian dio un salto.

—¡Tessa! ¡Eres tú!

—Tontito; siempre estoy cerca de ti —dijo ella—. Siempre.

Brian la tomó de las manos y se las llevó al pecho.

—¿Por qué me dejaste?

—Era mi hora. Se terminó mi vida, como la broma al final de una pieza de Haydn. El fuerte acorde en la sinfonía *La sorpresa*. Uno no lo espera, pero está

-afirmó, apretándole las manos a modo de respuesta.

-Yo no le vi la gracia -afirmó Brian en tono entrecortado.

-Tú siempre pierdes el sentido del humor en el momento menos indicado.

-Tú siempre tan petulante y, claro, tienes razón.

-¿Estoy aquí para discutir? -quiso saber ella con un bostezo fingido, para mostrarle lo aburrido que podía ser si ese era el caso-. Sabes cómo terminará eso. Ganaré yo, porque soy mejor artífice de la palabra.

-Quiero que vuelvas y me discutas todos los días -se ahogó Brian. Rodeó a Tessa con los brazos y la apretó.

-No voy a volver, profesor.

-Pero te amo, te amo tanto. -La voz de Brian era cruda, vulnerable.

-Lo sé. ¿No lo hice bien? Así lo planeé. -Tessa inclinó la cabeza para apoyar la mejilla contra la de Brian.

-¡Yo te elegí a ti!

-Tontito. Supe que me amarías desde el primer día en que te vi en la orientación para ingresantes.

-La risa de Tessa era argentina y dulce, tal como Brian la recordaba.

-Pero dijiste que solo podíamos ser amigos.

Pensé que yo era el premio consuelo después de que el perfecto de David te dejó.

—Tú nunca fuiste una segunda opción, Brian. Yo te quería a ti. Quería lo que teníamos. También te amo. Siempre te amaré. En todos los universos.

Brian no podía hablar. Se esforzó por contener las lágrimas, pero le corrieron por la cara. Aferró a su Tessa contra el pecho, sintiendo cada hueso y músculo de su cuerpo, cada molécula, contra su propio ser. La grabó en su propio ser.

—Eres la mujer más maravillosa que jamás conocí. La persona más maravillosa.

—No es necesario que me lo digas. Ya sé que sientes eso.

—Te echo de menos. Todos los días. Echo de menos abrazarte.

—Lo sé. Siento tu dolor.

—¿Qué voy a hacer sin ti?

Tessa asintió contra él.

—Seguir adelante, ser feliz. Eso es lo que yo quiero. Que seas feliz. Sabes que siempre terminas haciendo lo que yo quiero.

—Siempre —juró Brian. La besó. Por un momento, o quizás fuera media hora, nunca sabría cuánto, permanecieron abrazados, fusionados como dos pábilos en una sola llama.

—Todo está bien —susurró Tessa—. Volveremos a estar juntos. —Luego la otra Tessa salió. Me tocó la mano por un momento, y sentí su dulzura y su luz. Pobre Brian, por haberla perdido. Se me estrujó el corazón por él.

Y por mí, porque tenía que encontrar la manera de que algo de ella se incorporara a mí.

—Gracias —susurró Tessa, y luego desapareció.

Volví a ser yo, encarnada.

—¡Oh! Volviste —dijo Brian, soltándome.

—Lo siento —dije en un susurro.

—¡No, no! Dios, Tessa, gracias. Eso fue increíble. Ella estuvo aquí; la sentí, la abracé, hablé con ella. Mi esposa, mi Tessa. —Tenía expresión radiante y maravillada. La tensión constante que lo caracterizaba, que era como el rebote de un resorte, se había esfumado de su cuerpo.

—Yo también la sentí. Es como yo, pero no es yo. Es ella misma —dije—. Es asombrosa. Tan segura de sí misma, pero de una manera tan calma.

—Mi Tessa tenía una forma de dar por sentado que ella tenía razón y obtendría lo que quisiera —dijo Brian con una sonrisa, y se limpió la cara con la mano.

—Eso no te detuvo.

—No, sabía que era necia. Algo excéntrica,

brillante, dulce y sexy. En serio. La miraba y pensaba: "Yo soy el afortunado que te tiene entre sus brazos".

—Ella era afortunada de tenerte a ti, Brian —dije con cierta nostalgia, porque me pregunté si alguna vez alguien sentiría algo así por mí. David había sido . . . bueno, imperioso. Egocéntrico, para ser sincera conmigo misma. Yo le había venido bien porque habíamos estado juntos por tanto tiempo que nuestra historia tenía su propio peso—. Sí, tuvo suerte de tenerte —repetí.

—Lo sé, ¿no? —Se rió una vez, luego su mirada se perdió en la luz de la noche. Después de unos momentos, agregó—: En realidad el afortunado fui yo. Uno va por la vida haciendo, alcanzando metas y logros, corriendo como un hámster en una ruedita. Quiero decir, a los diez años yo era un genio de las matemáticas. Los maestros llamaban a mis padres, y los presionaban para que me mandaran a la universidad antes de tiempo. "Mándenlo a Oxford, mándenlo a Princeton". Por suerte para mí, mi mamá es una mujer fuerte y con sentido común.

"Mis padres se negaron; dijeron que necesitaba la interacción social con mis pares. Por eso, mientras estudiaba, estuve con chicos de mi propia edad. Y en eso tuve suerte.

"Porque si uno tiene suerte, en verdad, llega a

conocer a esa persona que te enseña que todas esas acciones, logros y metas en realidad no significan nada. Nada. Cero.

"Lo que en verdad importa son las cosas no físicas ni cuantificables; sentir que, cuando estás con ella, estás más vivo de lo que nunca creíste posible. Aunque duela. Incluso cuando ella ya no está.

Lo abracé.

—Volverás a amar.

—Tal vez —dijo en un susurro.

—Ojalá a mí.

Brian me abrazó con un gesto amistoso y me besó en la frente.

—Ya no puedo descartar otro amor. Aunque el dolor dure por mucho, mucho tiempo.

—Quizás se supone que así sea —dije.

Brian asintió.

—La próxima también morderá un poco, como tú. Y será algo excéntrica, como tú y mi Tessa. Me gusta abrazar a una mujer. Me hace sentir completo.

—¿Y por qué no me abrazas a mí? —pregunté sin vueltas—. ¡Me gustaría de verdad!

Brian me dio un apretoncito en los hombros.

—Tú no eres mi Tessa. Este no es mi lugar.

34

Huevos quemados y Chagall

Volvimos a mi apartamento porque yo ya había forzado la entrada y porque, después de todo, no me habían desalojado correctamente. La última mañana, después de dormir en el sillón, Brian preparó huevos revueltos, que se le quemaron, pero él no les prestó atención, y yo estaba muy ocupada observándolo y sintiéndome abandonada como para que me importara.

−Ey, ¿qué es esto? −preguntó Brian, sacando un paquete de mi bolsa.

−Es un obsequio de la señora Leibowitz. Me dijo que lo abriera después del sábado.

−Bueno, hoy es domingo, así que, ¿qué esperas? −preguntó en tono alegre. Metió la cuchara de madera en los huevos ennegrecidos, con gesto mecánico. Su mirada estaba absorta en el paquete−. ¡Me encantan los regalos!

−A mí también −respondí. Desenvolví el papel

madera, lo arranqué hasta revelar una pintura pequeña pero exquisita: una pintura de Chagall que representaba a una mujer desnuda en un caballo pinto que subía por el aire. La mujer tenía un pincel en la mano.

—¡Qué lindo! —soltó Brian.

Yo me quedé helada. Por último, dije:

—¿Lindo? —dije finalmente—. Es un Chagall.

—¿Arte de verdad? —se burló Brian.

—Oh, sí —afirmé, inhalando profundamente—. No conozco esta pieza, pero los colores, las imágenes poéticas y la ambientación como de cuento popular . . .

—Tiene una nota atrás —señaló Brian.

—"Querida Tessa: Espero que te sirva de inspiración". —Estallé en lágrimas. Brian me dio una palmadita en el hombro—. "Y que te traiga muchas horas de placer. Gracias por tu afecto y por cuidarme tanto. Te quiere, Mena Leibowitz. PD: Mira qué bello trasero tiene. No eches a perder el tuyo cuidando de todos menos de ti misma". Oh, Brian.

—¡La dama tenía estilo! Y tiene razón sobre tu trasero. —Me guiñó el ojo, pero era el gesto de un hermano, no de un amante.

—¿No hay modo de que te quedes un poco más? —le pregunté.

—Mi tiempo se termina a las 12:22. Ese es mi límite.

—¿Pero quién apreciará mi trasero cuando te vayas? —Trataba de sonar divertida, pero soné acongojada.

—Tú, tontita —dijo él—. Yo tuve a mi propia Tessa. Tú tienes que encontrar a tu propio Brian. O Mark o Joe. No sé quién es tu destino aquí. Hay tantas posibilidades. Creo que deberías empezar a disfrutarlas.

"Pero quiero que tú seas mi destino".

35

Tele-transportación

Un poco después del mediodía, estábamos sentados hombro con hombro en un banco, en un sector poco transitado de Riverside Park. Traté de pensar en mi vida sin Brian. Era difícil de creer que, en tan poco tiempo, solo cinco días, cuatro horas y veintidós minutos, alguien pudiera dejar una marca tan indeleble en mí.

—¿Entonces volverás a tu mundo y qué harás? ¿Publicarás un trabajo de investigación sobre tu invento y ganarás el premio Nobel de tu mundo?

—No. Voy a escribir ese libro: *Cómo la empresa nos puede teletransportar*. Es bueno. Soy listo aquí. Pero en mi mundo soy más listo aún. Puedo hacerlo incluso mejor. —Brian parecía ansioso por embarcarse en el proyecto.

—Pero podrías ser más conocido que Einstein —observé—. Tu máquina de decoherencia es . . . ¡Es decir, guau!

—Mira lo que hicieron con el trabajo de Einstein —dijo en un susurro—. Lo convirtieron en bombas. Voy a destruir mi dispositivo.

Parecía una decisión demasiado irrevocable, pero dependía de él plenamente.

—Te acabo de encontrar y te voy a perder —dije, con pesar.

—Aún ni siquiera me has conocido. Es decir, a tu versión de mí.

—No sé si él me quiera conocer; viste cómo se ponía todo colorado cada vez que me miraba. Está horrorizado por ese video.

—Ten un poco de fe; todo va a estar bien —me consoló Brian, dándome un apretoncito en el codo—. Tiene buen gusto. Después de todo, es brillante. Y tú eres hermosa, creativa y un poco excéntrica. Es una combinación irresistible.

—¿Cómo hago para conocerlo de verdad? Me da tanta vergüenza lo del video —murmuré—. ¿Cómo podría acercarme a él?

—Tal vez no lo hagas —dijo Brian con la honestidad encantadora que había aprendido a amar. Se encogió de hombros—. No sé qué elecciones harás aquí para crear qué universos. Pero en caso de que te pongas en contacto con él, tengo algo para que le des. —Me entregó un sobre con la leyenda: PROFESOR BRIAN TENNYSON—. Esto es para ti. —Me entregó la foto del casamiento, en la que estábamos él, Ofee y yo.

—El día más feliz de mi vida —dijo en un susurro.

—No puedo quedármela. —Se la devolví—. Es un recuerdo de tu esposa muerta.

—Ya no la necesito. La llevo en el corazón. Además, quizás se deshaga y se convierta en limo en unos minutos. —Se puso de pie y se encogió de hombros con ese gesto grandioso y jovial tan típico en él—. No estoy seguro; porque no es orgánico.

—Bueno, está bien, gracias; me encanta el limo —dije, parpadeando un par de veces para evitar que las lágrimas me nublaran la vista—. Yo también tengo algo para ti. Probablemente te lo debería haber dado antes. —Saqué un paquetito envuelto.

Brian rasgó el envoltorio y luego profirió una exclamación, chasqueando los dientes.

—¡Calzones de Superman! ¡Mis favoritos! —Me abrazó.

—Espero que te acompañen de regreso.

—Yo también. —Me soltó y sacó un papel doblado que tenía en el bolsillo.

—Espero que esto también. —Sacó uno de mis dibujos—. Este me encanta; es el del picnic. No veo la hora de mostrárselo a Rajiv, mi asistente allá.

—No están haciendo un . . . está bien; están haciendo un picnic —respondí, nuevamente tratando de contener las lágrimas–. Solo prométeme que no me olvidarás. No a tu Tessa. A mí.

Brian me tomó del mentón para que alzara el rostro y lo mirara a los ojos.

–¿Cómo podría? Eres una Tessa Barnum maravillosa y bella. No eres la Tessa Barnum con la que me casé, pero eres un capullo perfecto de la semilla de Tessa Barnum que se plantó y floreció en este mundo.

Quise responder, pero se oyó un zumbido intenso. Se abrió un portal azul en medio del aire, como una puerta suspendida de repente en el espacio. Estaba rodeada de anillos concéntricos, como los que se forman en un estanque después de arrojar una piedra.

–¡Teletranspórtame, Scotty! –rió Brian–. Siempre quise decir esa frase. –Dio un paso dentro del portal azul resplandeciente y desapareció.

El portal colapsó y se detuvo el zumbido en forma abrupta.

Me sentí más vacía y, al mismo tiempo, más plena que nunca en mi vida.

36

El engaño

El reverendo Pincek, que se veía sumamente incómodo con el pelo engominado hacia atrás y un bigote finito que le habíamos dibujado con delineador líquido, tenía puesto un elegante traje negro, aporte de Frances Gates.

Medias de Red, mi compañera de celda, iba colgada del brazo del reverendo y le susurraba cosas al oído. Haría de su novia a modo de pago por el retrato que yo le había hecho. Le estaba encima al pobre hombre con la sonrisa de la Mona Lista, pero mucho menos recatada.

El reverendo tenía los labios blancos, y una fina lámina de sudor le cubría la cara, pero hacía lo posible por mantener la charada.

Me pregunté si habría jugado así en toda su vida. El momento era demasiado divertido y me sentí mala persona por disfrutar de la turbación del reverendo.

Tenía que tomar algunas fotos con el teléfono, sin que nadie me viera.

La pareja caminaba hacia Rat Rock. Guy estaba de pie en su antiguo lugar.

Intercambiaron algunos gestos y comentarios. El reverendo comenzó a asentir. Guy abrió una bolsa que traía. El reverendo alzó las manos como si estuviera dando un sermón.

De detrás de los árboles y del medio de los arbustos, y hasta detrás de un carrito de bebé, salió un equipo S.W.A.T.

La expresión de sorpresa y horror que reflejaba el rostro de Guy me dio más placer que si hubiera sucumbido al cáncer de pulmón.

Deseé que Brian estuviera allí para verlo. Cerré los ojos por un instante y le envié un pensamiento afectuoso, adondequiera que estuviera en el multiverso.

37

El retorno del Rey

Me encontraba en la galería de Frances Gates, con un par de detectives y un oficial de policía, el guardia, el reverendo y Medias de Red, junto con dos camarógrafos y periodistas, y un escritor de blog que filmaba todo con su iPad.

Frances volvió a colocar la calavera en el soporte, y todos aplaudimos mientras él hacía una reverencia. Todos aplaudimos al reverendo, que sonrió apenas, cuando Gates lo señaló. Luego Frances caminó hacia los desnudos al estilo Warhol. Me guiñó el ojo con un gesto gracioso y exagerado.

Medias de Red silbó con los dedos en la boca. El reverendo miró lo que señalaba Frances con los ojos bien abiertos.

–Bueno, Tessa, querida –dijo Frances, ya tuteándome–. Estoy complacido. Estoy tan contento que tomé una decisión: voy a comprar tu óleo sobre aviso de desalojo ahora mismo.

—Haz el cheque a nombre de la iglesia —dije, de inmediato—. Hay una filtración que hay que arreglar.

—De acuerdo. No te pagaré mucho, pero en unos años, cuando te ayude a hacerte conocida, valdrá una fortuna —dijo Frances en tono afable—. Todo está bien.

—Espera —dije, levantando la mano. Miré al reverendo con una mirada apologética—. Mejor a mi nombre. Tengo que cuidar de mí misma antes. Y pagar las cuentas. Perdón, reverendo.

—No hace falta que te disculpes, Tessa —afirmó el reverendo Pincek—. Todavía no estás lista para ser un ángel; tienes demasiada vida en ti para eso. Creo que ninguno de nosotros está preparado para la beatificación. —Desvió la mirada en dirección a Medias de Red, que le sopló un beso con sus labios pintados de rojo Shanghai.

—Va a pasar mucho tiempo hasta que esté lista —murmuré.

—¡Amén! —El reverendo espió las pinturas de tributo a Warhol—. Frances aceptó hacer una pequeña exposición en la iglesia y donar lo recaudado.

—Solo a modo de agradecimiento por ayudarnos a recuperar la calavera de Tessa, que ella me permite exhibir —afirmó Frances.

—Bueno, creo que actué bien de granuja —dijo el reverendo con modestia.

—Reverendo, un granuja maravilloso —observó Frances—. Y quédese con el traje negro; le queda increíble.

—No lo creo —comenzó a decir el reverendo.

Medias de Red intervino.

—Lo puedes usar para invitarme a salir. La casa invita, desde luego.

—Estoy muy ocupado con la iglesia —respondió el reverendo, consternado.

Frances me hizo una seña de que lo siguiera hasta la oficina. Yo obedecí.

—Frances, a pesar del pésimo arte que exhibes en la galería, eres un buen tipo —dije.

—Cuidado, que estaré exhibiendo tus obras en unos meses. ¡Y no me abraces más! ¿Qué les pasa a todos ustedes? —gruñó.

A modo de gratitud, le había dado un abrazo de oso al mejor estilo Brian.

38. La foto de boda

De la galería, el reverendo Pincek y yo fuimos al cementerio. En el camino, el reverendo se limpió la cara y se cambió la chaqueta. Yo me detuve en una tienda para comprarme unos zapatos de taco aguja dorados, con tirita al tobillo. Se veían realmente picantes. El reverendo enarcó las cejas pero no hizo comentarios.

El funeral fue solemne. Estaban los hijos de la señora Leibowitz con sus cónyuges e hijos, algunos amigos y un rabino de barba que condujo el Kaddish del Doliente.

Pensé en todas las veces en que la señora Leibowitz me había hecho reír, en cuánto había disfrutado de su compañía en los últimos años. Pensé en su forma directa de hablar, su amabilidad y su amor por Bernie. La iba a echar de menos. Su ausencia se sentía en mi corazón.

Saqué la foto que me había dado Brian. Había cambiado. Brian y Ofee ya no estaban. Ahora era una foto de mí, radiante en la blanca tela del vestido de novia. Tuve que sonreír a través de las lágrimas. Mi futuro ahora estaba abierto y me deparaba todo tipo de posibilidades.

Esa noche le di un cheque a José para que le pagara a la cooperativa. Luego convertí mi mesa de cocina en un pie para el caballete. Puse mis pinceles y óleos sobre la mesa. Me puse un delantal sobre los jeans y las pantuflas turquesas esponjosas de la señora L. Sujeté la foto de la boda al refrigerador, con un imán. Hice una venia al Chagall que colgaba de la pared, y me dediqué a pintar de verdad.

39

La invitación

Unos meses más tarde, al empezar el nuevo semestre académico, Ofee me acompañó a la universidad de Columbia, con el pretexto de ayudarme a colocar unos volantes. En realidad fue a ponerse en postura de árbol mientras yo colocaba los volantes en los postes y las paredes.

—Esto es algo bastante radical en ti, Tessy —observó Ofee mientras se contorneaba en Ave del Paraíso—. No sabía que podías hacerlo. Me gusta.

—El que se anote para mi clase será afortunado —dije—. Tengo una gran pasión por el arte que quiero compartir con los demás.

Los volantes decían: "EL ARTE Y EL AMOR: CLASES EN PINTURA DE PAISAJES Y DIBUJO ANATÓMICO CON LA RECONOCIDA ARTISTA TESSA BARNUM, EGRESADA DE COLUMBIA". En el centro del volante había una imagen de la nueva obra que acababa de terminar, un paisaje mítico con siluetas humanas enigmáticas y melancólicas. En la parte de abajo del papel, había tiritas para arrancar, con mi número de teléfono.

—Me gusta, lo tengo en cuenta, aunque no es completamente cierto todavía —afirmó Ofee, pasando con facilidad a la postura del guerrero.

—En alguna parte del multiverso hay un mundo en el que ya soy una pintora famosa. Solo tengo que elegir esa realidad —acoté—. La semana que viene ya tendré mi sitio web.

Caminamos alrededor de Havemeyer y yo puse más volantes, mientras Ofee continuaba con sus prácticas. Hizo quince minutos de equilibrio sobre brazos, mientras yo charlaba con algunos alumnos acerca de la clase que iba a dar. Luego me di cuenta de que estábamos justo frente a Pupin Hall, que albergaba el departamento de Física.

—Brian —dije—. Quiero decir, el profesor Brian Tennyson.

—¿Allí está su oficina? —preguntó Ofee.

—Sí, y voy a hacerlo —decidí, así como así.

Ofee, que se doblaba hacia atrás en rueda completa, emitió un gruñido.

Le apoyé la pila de papeles sobre la panza y me metí en Pupin Hall.

Me detuve frente a una puerta con la inscripción

"DR. BRIAN TENNYSON". Al asomar la cabeza por el marco de la puerta, vi al profesor prolijo y elegante de la conferencia. Hablaba con un alumno, pero me vio. Me dirigió una mirada rara y avergonzada, y me hizo señas de que entrara.

Mientras él terminaba su conversación, recorrí la oficina, examinando recuerdos y diplomas. En algunos estantes de su biblioteca vi copias de sus libros. En otro estante había fotos: Brian con un arnés de escalada en roca; aferrándose a la piedra de granito vertical; Brian abrazando a un perro de tres patas decididamente feo. Había una fotografía de una pareja mayor que probablemente fueran sus padres. No había fotos de una novia.

–Hola, ¿te puedo ayudar en algo? –preguntó el profesor Tennyson cuando se marchó el alumno.

–Lindo perro –dije.

El profesor Tennyson se acercó y tomó la fotografía, contemplándola con aire sentimental.

–Era Bella, una buena chica, algo loca, pero atrevida y valiente y divertida. Se murió hace un año. Todavía la extraño.

–Lleva tiempo recuperarse de una pérdida – murmuré. Traté de acercarme un poco más a él y olisquearlo sin que se diera cuenta. ¿Olía igual que el otro Brian?

–Sí; lleva tiempo –admitió el profesor Tennyson,

y se suavizó un poco-. ¿Pero por qué estás aquí? No eres una de mis alumnas, tratando de conseguir una mejor calificación cuando recién empieza el semestre.

¿De verdad no me reconocía del video? Quizás se hacía el tonto. De ser así, le seguiría la corriente.

-Soy Tessa Barnum. Soy artista. Nunca nos conocimos, pero te vi un par de veces hace unos meses. Fui a tu conferencia y luego tú viniste a un baile en mi iglesia.

-Es verdad, ese loco de los tensores métricos me llamó para invitarme al baile. -Se echó a reír-. Quiero decir, no quiero insultarlo si es amigo tuyo. Parece listo e interesante, aunque le falta una tuerca.

Me tuve que reír.

-*Absotivamente, posilutamente,* le falta una tuerca. Bueno, vine a invitarte a una exposición de mi trabajo. -Le entregué una tarjeta que publicitaba: "MÚLTIPLES MUNDOS: PAISAJES DE POSIBILIDAD, FALSIFICACIÓN, ARTE Y UNA RENOVACIÓN DE LOS ANTIGUOS MAESTROS: TESSA BARNUM EN LA GALERÍA FRANCES GATES".

En la tarjeta había un montaje fotográfico de la calavera de Bucknell, uno de mis paisajes y algunos dibujos de figuras humanas. En verdad era llamativa; Frances la había diseñado para lograr un efecto intenso.

-La calavera es fea y un poco grasa. Lo siento, sé que a mucha gente le gustan esas cosas. -Se encogió apenas de hombros a modo de disculpa-. Los dibujos son hermosos; me recuerdan a Bruegel. Los antiguos maestros entendían algo importante de la vida.

-¡Sabes de arte! -exclamé sin poder evitarlo.

-Debería; mi madre era ilustradora, y me arrastró a todos los museos de arte del mundo; me insistía con las clases de dibujo. -Esbozó una sonrisa-. La física y el arte no son tan diferentes en su búsqueda de la verdad, me imagino. ¿Qué están haciendo las personas del dibujo? ¿Un castillo de arena?

-Están haciendo lo que quieras que estén haciendo -dije, asintiendo.

-Genial.

-Entonces, ¿vendrás? -quise saber.

Apartó la mirada y se ruborizó un poco.

-Estoy un poco ocupado; justo acaba de empezar el semestre, y tengo que terminar una presentación para un coloquio . . .

-Entiendo. -Bajé la cabeza, comprendiendo, aunque me sentía desilusionada-. Esto es para ti. -Metí la mano en mi bandolera y saqué el sobre que me había dado el otro Brian. Lo llevaba conmigo todos los días desde su regreso a su mundo.

-¿Qué es?

—No lo sé –dije bruscamente–. No te quito más tiempo. Gracias por recibirme. –Me dirigí a la puerta. Cuando llegué allí, me invadió un pensamiento, literalmente. Parecía venir de afuera de mí, parecía, si es que eso era posible, venir de la otra Tessa. Casi pude oír su risa argentina, que se iba acallando. Me volví y miré al profesor Tennyson a los ojos–. Ah, profesor. ¿Te dijeron que la entropía ya no es lo que era?

• • •

Ofee no estaba por ningún lado, lo que significaba que algunos estudiantes universitarios lo habrían acorralado para que les diera una clase de yoga improvisada. Seguramente estaría en el césped en alguna parte, retorcido en una postura imposible, con las piernas sobre la cabeza hasta cerrarse los ojos con los dedos del pie, o algo por el estilo. Caminé por el campus para buscarlo.

A mi lado pasaban los estudiantes, conversando. Me imaginé planetas en órbita por encima de sus cabezas, planetas llenos de múltiples paisajes y diversos grupos de figuras y caminos que se bifurcaban. Era una visión rica y vibrante; quizás podría intentar pintarla. En el último tiempo había comenzado a arriesgarme en las pinturas. No todos los resultados eran maravillosos, pero algunas salían bastante bien.

Luego escuché el ruido de pisadas, de zapatillas que golpeaban contra el pavimento, y tuve una sensación de *dêjà vu*. Me di vuelta y vi que el profesor Tennyson venía corriendo hacia mí. Sentí una oleada de desafío y felicidad. Inhalé profundamente y me dije a mí misma: "Acá vamos".

–¡Ey! ¿Sabes lo que es esto? –exigió saber el profesor, entre jadeos. Me puso la carta en la cara.

Negué con la cabeza.

–Es un diagrama esquemático de un dispositivo de mundos múltiples para viajar entre universos paralelos.

–Genial –murmuré.

Me tomó del hombro.

–*¡Está escrito en mi propia letra!*

–Qué interesante –dije, y me reí.

–Vine hasta aquí desde un universo paralelo y te lo di, ¿no es cierto? ¡¿No es cierto?!

–¿Por qué piensas eso? –me pregunté.

–Porque la carta dice: "Besa a la mujer que te trajo esta carta; y no la dejes ir. No sabes lo terrible que será perderla".

De repente, un impulso se apoderó de mí. Casi sin volición consciente, me incliné hacia delante y lo besé tiernamente en los labios. Luego di un paso atrás. Él se veía incrédulo. Abrí la boca para disculparme, pero luego pensé. ¿Qué me diría que hiciera el otro Brian?

¿Qué me habían aconsejado las chicas de la cárcel? ¿Qué fuera tras lo que quería?

Así que lo volví a besar.

Luego de un momento, Brian me atrajo contra su cuerpo. Después de otro minuto, me respondió con la boca y las manos, y su pasión reflejó la mía.

Con un hormigueo en todas las partes femeninas, me esforcé por apartarme de él.

—¡Te doy una "A" por eso!

—Mejor así. No creas que no te reconocí por ese video en Internet —afirmó, con la voz ronca—. Así que tengo una pregunta para hacerte. Ese era él, ¿no? Mi otro yo. Tiene que serlo, porque el del video era yo, y me acordaría de algo tan increíble.

—Bueno . . .

Con una sonrisa tímida, me apoyó las manos en las caderas y me volvió a atraer hacia él.

—Quiero la oportunidad de protagonizar mi propio video contigo. En ese estuve bien, pero lo puedo hacer mejor.

—Solo ven a mi exposición —le pedí.

Dos semanas más tarde, allí estuvo.

Agradecimientos

Muchas de las frases de Guy se basan en *Historia de la belleza*, editado por Umberto Eco. Traducido por Alastair McEwen (Rizzoli, Nueva York, 2005).

Un agradecimiento especial a Lori Handelman por su edición brillante y su cálido apoyo, y a Drew Stevens por los diseños cada vez más ingeniosos para los libros.

Gracias a Tammy Salyer por su corrección reflexiva.

Muchas gracias a Gerda y Mark Swearengen, Chris y Stuart Gartner, Michelle Czernin von Chudenitz, Jan Bröberg Carter, Dani Antman, Komilla Sutton, Don Steelman, Sarah Novotny, Lynn Bell, Dr. Dan Booth Cohen y Mary T. Browne por su cálido apoyo; los quiero.

Un agradecimiento especial a Sarah Miniaci por sus excelentes Relaciones Públicas. Gracias a Jarred

Weisfeld y Meghan Kilduff por su apoyo para el eBook.

Mi reconocimiento a Kristin Gamble y Charlie Flood por su magia.

Gracias al Dr. Bill Chambers, que sabe mucho sobre lo que significa crecer.

Y gracias a Adrienne Rosado, que nunca pierde la fe.

Gracias a Scott Elrod por su aliento inicial. Scott: ¡eres el mejor!

Un cálido agradecimiento a Claudia y Steve Jackson, Teri y Steve Himes, y todos en Telemachus Press por su respaldo y aliento continuos.

Un cálido agradecimiento a mis lectores y a los bloggers, que leyeron y disfrutaron de mis novelas, y pidieron más.

Mi afecto y agradecimiento para Julia Howard y a mi incansable asistente de investigación Madeleine Howard.

Y gracias a mi esposo, Sabin Howard, que siempre tiene algo para decir sobre el arte.

Acerca de la autora

Traci L. Slatton se graduó en las universidades de Yale y Columbia, y también estudió en la Barbara Brennan School of Healing. Vive en Manhattan con su esposo, el escultor Sabin Howard, cuyas figuras clásicas y amor por el Renacimiento italiano inspiraron su novela histórica *El inmortal*. *El asunto Botticelli* es un homenaje a su amor por los Grandes Maestros de la pintura clásica y su interés por las oscuras pasiones. *Caído* es el primer libro de una trilogía ambientada en un futuro apocalíptico, donde abundan el sufrimiento y los extraños poderes paranormales. *Luz fría* es la secuela de *Caído*, y *Una costa lejana* completa la Trilogía Después.*El amor de mi (otra) vida* es una comedia romántica.